JN033080

楽しい家族旅行はまさかの発見の連続！
ヴァンパイア
イルーナ
古代龍
レフィシオス
（愛称：レフィ）
ユキの武器
罪焔
（愛称：エン）
魔王になったので、
ダンジョン造って
16
人外娘と
ほのぼのする

ヒーリングスライム
シィ

迷い込んだ庭園で出会ったのは
四足歩行の骸骨!?

ムクロ

種族不明の
獣の形をした骸骨。

博物館で神代の品を発見!!
異世界で
魔王に生まれ変わった
青年
ユキ
勇者
ネル

魔王（まおう）になったので、ダンジョン造って人外娘とほのぼのする

MAOU NI NATTA-NODE
DUNGEON
TSUKUTTE
JINGAI-MUSUME
TO HONO-BONO
SURU.

16

著 流優 RYUYU

ILLUST. だぶ竜

口絵・本文イラスト
だぶ竜

装丁
AFTERGLOW

MAOU NI NATTA-NODE
DUNGEON
TSUKUTTE
JINGAI-MUSUME
TO HONO-BONO
SURU.

CONTENTS

プロローグ　新たな日々

俺に、子供が生まれた。

リューとの子、娘のリウ。

レフィとの子、息子のサクヤ。

二人とも、妻の特徴をよく継いだ可愛い我が子達である。

リルにも娘、セツが生まれ、元々人数の多かった我が一家は、もう紛うことなき大家族だと言えるだろう。

今の俺達の毎日は、七割が子供達のことで占められている。この時に向けて準備はしてきたが、まー戸惑うことの多いこと多いこと。

リウとサクヤはもうすごい元気いっぱいに泣きまくるし、ビックリするくらい眠る。生きることに精一杯で、見ていて清々しいくらいだ。

まあただ、今の俺達は、その苦労込みで日々の生活を楽しんでいる。本当に、二人の世話を交代でするのが楽しいのだ。

つっても、俺以上に女性陣の方が張り切っているので、俺が手を出す前に妻軍団が世話を終えてしまうことの方が多いのだが。

母のパワーとは凄(すさ)まじいものなのだと、最近ようやく気付いた。父のパワーでは決して敵(かな)わないのだ。

まさか自分が、人の親になる日が来るとは思いもしなかった。もうめっきり思い出すことも無くなってきたが……今の俺を前世の俺に見せても、きっと自分自身だと気付けないのではないだろうか。

それくらい、俺という存在を占める構成要素の中に、家族の存在があるのだ。

そして、二人が増えたことで、俺だけでなくレフィ達妻軍団も、イルーナ達少女組も、精神的な変化が見られるようになった。一緒にいると、そのことがよくわかるのだ。

俺も、二人の頼れる父となれるよう、頑張らなきゃな！

「よーし、リウ、サクヤ。父ちゃんは仕事のない暇人だから、好きなだけ遊んでやれるぞ！」

「それだけ聞くと相当危ない父じゃな。まあ、儂(わし)らも大して変わらんのじゃが」

「しかも、金銭的な収入を得てるのが妻の一人だけってのが、傍(はた)から聞くと闇が深そうな家庭だよな」

レフィとそんな冗談を言い合いながら、俺達は二人の世話をするのだった。

第一章　精霊王とシセリウス

リルの娘、セツ。

リルと、リル奥さんの子供だな、と思うくらいには似た特徴があり、毛並みはサラサラでモフモフでフワフワだ。

生まれたのはリウの後なのだが、流石イヌ科だけあって、成長が早い。身体はぐんぐん大きくなるし、それに伴って多少だが知性も感じられるようになった。

まあ、当然まだまだ、幼子の範疇ではあるがな。

「くぅ、くぅ！」

「よーしよし、ほら！」

俺がボールを投げると、短い手足をいっぱいに動かして元気いっぱいに追いかけ、やがて追い付いて咥えると、俺のところまで戻ってくる。

ブンブンと振られている尻尾が可愛い。

「くぅ！」

「わかったわかった、もう一回な」

「くぅ～……くぅ！」

俺が投げたボールに、再び一目散に駆けていく。

と、セツと遊んでいると、リルが若干申し訳なさそうな感じで鳴く。

「クゥ」

「はは、元気で何よりじゃねぇか。この子は、将来おてんばになりそうだな。娘に振り回されまくるお前の姿が今から目に浮かぶようだぜ」

「……クゥ」

セツを連れて来たリルが、自分でもそのように思ってしまったのか、何とも言えない表情で苦笑を溢す。

セツなのだが、リルの子供ではあるものの、ダンジョンの魔物ではないようだ。称号欄で確認した。

しかし、どうやら完全にダンジョン関連の能力を継がなかった訳でもないらしく、というのも、俺はこの子の意思を鳴き声にされずとも、朧げながら理解することが出来るのだ。

まだまだ知性の発達が十分ではないからか、大分漠然とした意識のものだが、『楽しい』とか『もっと遊びたい』とか『眠い』とか、そういう感情を感じ取ることが出来るのである。

それで、しっかり俺にも懐いてくれていることがわかるので、嬉しいものだ。

まあ、とは言っても、ダンジョンとは全く関係のないリル奥さんとも会話が出来てるからな。

フェンリルの知能がヒトと変わらないくらい高い――いや、もしかするとヒトよりも高いというのもあって、意思疎通が出来ている面もあるのだろう。

それにしても、本当に数日見ないだけで身体が大きくなるな、セツは。朝になったら数センチは体長が伸びている、といった感じである。

いやけど、最終的にはリル達くらいまで大きくなる訳だから、縮尺的に考えるとヒトの赤子と成長率はそこまで変わらないのだろうか？

まだ生後一月くらいのはずだが、これだけしっかりと意思を示せるとなると、リル達もやりやすいだろう。

俺達のことも、家族というか、同じ群れの一部として認識してくれているようだ。リウとサクヤのことも、仲間と見なしてくれているようで、居間にいる時は二人と一緒にいることが多かったりする。

リウ達の方も、セツが来るとそちらを見て、泣いていてもすぐ泣き止んだりするので、結構ありがたい。

「お前んところは奥さんがしっかりしてるから、お前と合わせて子育てにはいい塩梅になりそうだな」

「……クゥ？」

「そりゃお前……俺もお前と同じよ。知っての通り、ウチのヤツらの方が俺よりしっかりしてるから、どれだけ俺がちゃらんぽらんにやってても問題ないのさ」

「ク、クゥ」

「はは、そん時は怒られるかな」

「くぅ？」

「おう、セツ、大人には色々あるのさ」

こちらを見上げてくる彼女の頭を撫で――その時だった。

隠されもしていない、特大の気配。

同時、ダンジョンマップが、勝手に開く。

敵、と一瞬身構えかけた俺と、そしてリルだったが……しかし俺は、この気配に覚えがあった。

「クゥ⁉」

「いや、待て、これ……」

即座に意識が戦闘へと切り替わった様子のリルだったが、俺はそれを止め、マップで詳細を確認し――。

「――やっぱり。精霊王と、シセリウス婆さんだ」

◇　◇　◇

「――この爺様とは、少し前にたまたま会ってね。気配を感じたものだから、挨拶しにいったら、レフィシオスの嬢ちゃんが妊娠してるって言うじゃないか。これは是非とも顔を見に行かなければと思って、一緒に来たのさ」

『突然すまぬな。出産が間近であろうから、一度こちらに来ようと思っておったのだ』

以前、ドワーフの里へと行く道中で出会った老龍シセリウスと、いつも通りふよふよとローブ姿で浮いている精霊王。

なるほど、そういう経緯で一緒だったのか。

どうやら二人は、知り合いであったらしい。

そう言えば、この婆さんと会ったのはローガルド帝国にいたし、遠くの気配をも感じ取れるこの人らなら、で、精霊王もちょっと前にローガルド帝国の付近だった。

そういうこともあるのかもしれない。

「あぁ、わざわざありがとう。ちょっと前に生まれたよ。あ、シセリウス婆さんはリルは初めてだよな。俺のペットで、相棒で、ダンジョンの魔物だ。で、リルの奥さんとその娘」

リル一家が、それぞれ挨拶をする。

せっかくだからと、リル奥さんも先程リルに連れて来てもらったのだ。

「クゥ」

「クゥウ」

「はい、こんにちは。アタシはシセリウスさ。へぇ……フェンリルの一家か。珍しいねぇ」

龍形態ではなく、すでに擬人化しているシセリウス婆さんが、物珍し気な様子で三匹を眺める。

「……くぅ？」

二人の力の強さを感じ取ったからか、ちょっと怯えた様子でリルの足の間に隠れながら、「おともだち？」と言いたげに鳴くセツ。

『クク、うむ、我らは貴公の家族の友人だ。故に、貴公も、我らの友人となってくれぬか？』

「……くぅ！」

「あはは、可愛い子だねぇ。それなら、この婆ちゃんとも仲良くしてくれるかい？」

「くぅ！」

「そうかい、ありがとうねぇ」

よしよし、とシセリウス婆さんが撫でると、セツはリルの下から出て来て、尻尾をフリフリとさせる。

流石、手馴れてる感じだ。

初めて会った時、エンなんかもすぐに懐いてたし、子供の心を掴むのが上手いんだな。

──そうして俺は、二人とリル一家を伴い、家へと帰る。

「ただいま、お客さんだぞ」

そう言うと、まずこちらに反応したのは、レフィ。

「ふむ、気配からそうじゃろうとは思うておったが……珍しい組み合わせじゃのう。爺はともかく、シセリウスは久しぶりじゃな」

「あぁ、久しぶりだよ、レフィシオス嬢ちゃん。……フフ、うん、もう嬢ちゃんなんて言ったら失礼だね。いい顔になったもんだ」

「ま、儂ももう、母親じゃからな。いつまでも我がままではおれんよ」

「いや、十分わがまま――何でもないです」

スッと拳を握ったレフィを見て、俺は口を噤む。

「危ないの、最後まで言っておったら、妻の鉄拳制裁が飛ぶところじゃった」

「シセリウス婆さん、コイツはまだまだこんな感じだ」

「あはは、本当に仲が良さそうで何よりだ」

『ふむ、幼き者達がおらぬようだな?』

「あぁ、あの子らは学校だ。もうしばらくしたら帰ってくるから、そうしたら挨拶させるよ」

その後、リューとレイラ、ネルと、それぞれが挨拶を交わし――そして、リウとサクヤを二人に見せる。

「この子が、リウ。リューとの子で、姉だ。こっちの子が、サクヤ。レフィとの子で、弟だ。ちなみにセツは二人の間で生まれてるから、妹で姉だな」

『ほう……確かにどちらも、両親の面影を有しておるな。うむ、うむ、素晴らしき命である』

「本当だねぇ、魔力の質もわかりやすく両親に似ていて、可愛らしい子達だよ。うーん、命の誕生とは、何と尊く、我々に活力を与えてくれることか」

『全く同感である。吾輩、長く生きているが、こういう時があるからこそ、まだまだ生きることが楽しみで仕方ないのである』

「わかるよ。アタシらは、生きることに楽しみを見つけていかなきゃならない。全てに飽いて無為に惰性に過ごすようになっては、死んだも同然。だが、こういう瞬間のおかげで、感情が揺れ動いて、命を実感出来る。この子達の成長が楽しみで、それがこの先を生きるための更なる力を与えてくれるってものさ」

『うむ、うむ……それも、全く同感である』

レフィとリューがそれぞれ抱えている赤子達の顔を覗き込み、先程までより一層テンションが高くなる精霊王とシセリウス婆さん。

なんか……うん。

やっぱ親しみがあるな、この二人。

「爺、ほれ。抱いてみるか」

『うむ……感謝する』

「シセリウスさんも、ウチの子、抱いてみるっすか？」

「あぁ、お願いしたいね。ありがとうよ」

そうして、眠っている二人を起こさないよう気を遣いながら、精霊王はサクヤを、シセリウス婆さんはリウを腕に抱く。

……精霊王の方は、腕に抱くというか、傍から見るとサクヤが一人で勝手に宙に浮いているように見えるだけなのだが。

なかなか不思議な光景である。

『……温かいな。いやはや、生物の幼体とは、何と愛くるしいことか』

「レフィシオス嬢ちゃん、その内、龍の里に連れて行くといい。龍族の王たる魔王が親である以上、この子らのどちらもがアタシらの一族に連なると言えるだろうし、きっと久しぶりの一族の子に、あの年寄りどもも喜ぶだろうさね」

「里に？　……ま、そうじゃな。この子らがもう少々大きくなったら……家族総出で、もう一度行ってもいいかもしれんな」

シセリウス婆さんの言葉に、あっさりと頷くレフィ。

前は、あれだけ嫌がっていた龍の里に、か。

「？　何じゃ？」

「いや、何でもない」

特に気にした様子もない彼女に、笑って俺はそう答えた。

それにしても、そうか。考えてみれば、ウォーウルフの特徴が出ているリウの方も、龍の家系とは言えるのかもしれない。

魔帝はやめても、まだ龍王の方は無駄に俺が就いている訳だしな。

この位も別にいらないんだが……龍族達における王というのは、他種族とは違ってそこまで重要度が高い存在じゃないから、まだ気楽ではある。

彼らにとって、王とは戴く者ではあっても、傅く者ではないのだ。

『……よし、魔が王、レフィシオス。この二人には、祝いとして吾輩の加護を与えたいのだが、良いか？　悩んだのであるが、結局吾輩が渡せるものにおいて、これ以外に自信の持てるものが無かった故』

「む？　儂らの子は、お主の加護を受け入れることが出来るのか？」

『そのようである。恐らく、魔が王が持つ不定形な器の形を、この子らはある程度受け継いだのであろう』

……そう言えば忘れていたが、精霊王が与えることの出来る加護は、誰にでも渡すことの出来るものじゃないいって話だったな。

俺と、そしてイルーナがそれを持っているが、俺は魔王の特異性から、イルーナは先天的な才能で持つことが可能だったたって話だ。

この子らは、俺の肉体の特異性を継いだのか。

「あ、ちょっと待て、俺の時は大分苦しかったが、赤子にやって、大丈夫なものなのか……？」

『それは問題あるまい。貴公の時のようにはならぬであろう』

「それなら……わかった、お願いするよ。ありがとう」

「えっ、ずるいね。アタシ、そういう加護とか持ってないんだけど。そうか、何かお祝いを持ってくるべきだったたか。アタシとしたことが……いや、待てよ、自分じゃ使わないけど貴重だからって取っといたものが幾つか……」

俺がアイテムボックスを探る時みたいな感じで、空間に生成した亀裂の中を片手で漁り始めるシセリウス婆さん。

「そんな、無理しないでくれていいからな？」

「いいや、これは礼儀の問題さ。年甲斐もなく浮かれちまって、頭から抜けていたよ。――よし、あった！　これ、子育てに使っておくれ」

そう言って彼女がこちらにくれたのは、音の出ない、二つの鈴。

危機鳴りの鈴：対象に身の危険が降りかかる時、察知してひとりでに鈴が鳴り、それを知らせる。
品質：？？？

「お守り代わりさ、そう嵩張るものでもないから、持たしといてくれると嬉しいね」

「おぉ、ありがとう、防犯ブザーか」

「防犯？」

「いや、何でもない。あぁ、是非そうさせるよ。というか、もう付けるか！　リュー、リウの方付けてやってくれ」

「はいっす！」

付けるのは、服の腰辺りがいいか……と思ったが、これ、このサイズだと、その内不用意に口に入れて、誤って飲み込んだりしそうだな。

服に付けたりさせるのはもっと大きくなってからで、今はベビーベッドの手の届かなそうなところに括りつけとくか。

と、次に、精霊王が口を開く。

『レフィシオス、代わってくれ』

「うむ」

サクヤをレフィに返した精霊王は、杖(つえ)を手にし、いつか俺のダンジョンコアへやったのと同じように、我が子達へそれぞれ杖を掲げる。

――うわ、すげぇ。

多分、今の俺だから知覚出来るのだろう。

精霊王から溢(あふ)れ出した、静かで、自然で、それでいて『災厄級』という言葉が頭に浮かぶだけの特大の力が、リウとサクヤの二人に流れ込んでいく。

世界に存在する、空、大地、森、山、海、そんなものと同質かのような印象を受ける、精霊王の魔力。

前に俺が力を貰(もら)った時は、頭が粉々に砕けんばかりの頭痛のせいもあって、これ自体は何にも感じ取ることが出来ていなかったが……こんなデカさの力が流れ込んだのならば、むしろ身体が爆発しなかったのが不思議なくらいだろう。

なるほど、適性が無ければ無理、か。

ただ、俺の時とは違って、二人の赤子に変化は見られない。眠ったまま、特に起きることもない。

天然ものであるイルーナとは違い、この二人は魔王の器由来によって素質があるようだが……いや、そうか。

すでに、精霊王の加護を受けた後――つまり俺の器が変形した後に、レフィやリューとの間に出来た子達だから、俺みたいにその場で変化した訳ではなく、そもそも受け入れられる器の形になってるんだな。

『よし、これで良かろう。使い方は、この子らが物の分別が付くようになった時、貴公が教えるが良い』

「あぁ、本当にありがとう。精霊王から貰った力、しっかり使いこなせるように、教えるよ」

『……もう一つ。サクヤ、であったな。この子は将来、なかなかに波乱万丈な日々を送りそうである』

俺は、ピクッと反応する。

「……もしかして、サクヤが持ってる称号。見えてるのか？」

サクヤが生まれた時から持っていた称号、『？・？・を？・す者』。

俺の言葉に、彼は、頷いた。

『あぁ、しかとな。内容は……フッ、ま、言わぬでおくか。その方が先入観無く、子育てがしやすかろう。ただ、安心するがよい。悪い内容ではないことだけは、明言しておこう。恐らく魔王、貴公と同程度には厄介事に巻き込まれる日々を送ることになるであろうが』

「あはは、だって、おにーさん。それなら、タフな子に育てないとね。やっぱり僕、この子が大きくなったら剣術教えるよ！　リウも一緒にね！」

「ユキさん程となるとー……ちょっと大変かもしれませんねー。元々色々教えてあげるつもりではありましたが、実践的なサバイバル知識や、簡単な料理などを教えて、何が起こっても生きていけるようにするのが先でしょうかー」

「それなら僕も協力出来るよ！　これでも、一応軍隊育ちだからね！」

お前ら、サクヤをランボーにでもするつもりか。

いや、まあ、確かにそれくらいになれば何が起こっても大丈夫だろうが。弓とか覚えさせようか。

その後、精霊王とシセリウス婆さんと、皆で雑談が続く。

精霊王が体験した不可思議な話や、シセリウス婆さんが見たおかしな光景、それからレイラの世界に対する考察や、俺の話、レフィの話、ネルの国の話、リューの里の話、リル達の森での生活の話。

会話は盛り上がり、リウとサクヤ、そしてセツの世話をしながらも止めどなく続く。

茶菓子を食べ、美味（うま）い茶を飲みながらの、気心知れた者達との雑談。

こういう、何の変哲もないような、明日には忘れているような会話をして過ごす時間の、何と楽しいことか。

「あははは、そ、それで旦那（だんな）をしばき倒したのかい！」

「そうじゃ、此奴（こやつ）はほんに、阿呆（あほう）でのう。それが子に遺伝せんか、今から皆で戦々恐々としておるところじゃ」

「この人、しっかりしているように見えて抜けてるところがあるから、外出た時とか結構心配なんすよ」

「ねー、イルーナ達のことを見てる時とか、気を張ってる時はしっかり者なのにね！」

「リル君などを連れている時は、一人ではないので安心出来るのですけどねー」

『ク、ク……言われておるぞ』

「……ノーコメントで」

なんて、大人組で話していた時、部屋の扉がガチャリと開かれる。

「「ただいまー！」」

「……ただいまー」

帰ってきたのは、少女組。

三人の言葉の後、レイス娘達もまたこちらに手を振る。

どうやら、学校が終わったようだ。

と、彼女らはすぐに、家族ではない姿が家にあることに気付く。

「！　精霊せんせー！　と……龍族だから、おねえちゃんのお客さんかな？　こんにちは！」

シセリウス婆さんの角と尻尾を見て、イルーナはそう判断したらしい。

彼女の次に、シィ達も元気に挨拶をする。

「せんせー、こんにちは！　お客さんも、こんにちは！」

「……お爺ちゃん、お婆ちゃん、久しぶり」

『うむ、邪魔しておるよ。元気そうで何よりだ、幼子達よ』

「はい久しぶり、剣の嬢ちゃん。他の子達は初めましてだね、アタシはシセリウス。レフィシオス嬢ちゃんの……ま、親戚さ。遊びに来させてもらってるよ。……うん、随分個性的な子達だねぇ！」

イルーナ達と同じように挨拶するレイス娘達を見ながら、そう溢すシセリウス婆さん。

『ク、ク……吾輩も、初めてここへ来た時は、同じことを思ったものである。どうだ、幼子達よ。学び舎へ行っていたと聞いておるが、学問は楽しいか？』

「楽しい！　いっぱい色んなこと知れて！」

「べんきょーはそんなにだけど、ともだちと遊べるから、がっこーはすき！」

「……羊角の一族の里はすごい。熱量がすごい。己が欲望に突き進み続ける。エンも見習いたい」

「そうかいそうかい。いいね、好きに学び、好きに遊ぶことが、子供の仕事さ。存分に、やりたいようにやって、生きるといい」

『羊角の一族の里、であるか。うむ、良き学び舎である。吾輩の知っている偉人の幾人もが、あその影響を受けている。貴公らならば……フッ、そのような者達の一人になれるかもしれぬな』

ニコニコと表情を綻ばせる二人。

精霊王には顔などないが、しかし笑みを浮かべているのだろうということが、様子からしてよくわかるのだ。

このまま、少女組も加えて雑談、といきたいところだが、ただすでに結構時間が経っているので、一旦俺は話を切り上げる。

「さて、そろそろ晩飯にするか！　二人も……精霊王は物を食べないかもしれないが、一緒にいてくれよ」

『うむ、そうさせてもらおう』

「ん、ありがたく、ご相伴に与らせて——というか、アタシが作ろうかね！　これでもヒト形態で過ごすことはままあるから、それなりに料理は覚えてるんだ。任せてくれないかい」

「それなら、私がお手伝いしましょうー」

「あ、じゃー、僕もそっち組！　みんなはゆっくりしてて！」

「ん、わかった、ならお願いするか。シセリウス婆さん、ありがとう」

「ほう、シセリウスの料理か。楽しみじゃの！」

「ありがとうっす、シセリウスさん！」

それからその日は、飯を食いながら大人組は酒を飲み、宴会かの如く夜遅くまでワイワイと騒ぎ続け——。

「——いやぁ、楽しかったねぇ、爺様よ。長生きはしてみるもんだ」
『うむ、良き時間であった。こうして友人らと過ごす時が……悠久の生の中で、どれだけ光り輝くことか』
「あはは、あぁ、あの何気ないただ語らうだけの時間を、きっと千年経ってもアタシは覚えているんだろうね。特に、レフィシオス嬢ちゃん！　話には聞いていたけど、あの子があんな風に家庭を持つとは思わなかったよ。しっかり母親の顔になってまあ、こっちが嬉しくなっちまったもんさ」

『ク、ク、そうであるな。覇者たる龍が、母親に。驚天動地と言うても怒られんだろうよ』

片や、数々の歴史書に登場し、伝説の存在として名を残している、精霊の王。

片や、世界の神秘を解き明かさんと遺跡を巡り、千金に値するであろう記録を取り続けている龍族の女傑。

だが今だけは、まるでただの祖父母であるかのように、友人家族と過ごした楽しかった時間に思いを馳(は)せていた。

「そうだ、爺様よ。レフィシオス嬢ちゃんの子……サクヤが持つ称号。アタシにも見えてなかったんだけれど、あれ、何なんだい？　あと、種族も『龍人』に読めない括弧書きが追加されてて、よくわからなかったんだけれど……」

『ふむ、まあ、貴公にならば話しても良かろう。ただこれは外には漏らさぬようにな』

「わかってる、胸に秘めておくよ」

精霊王は、言った。

『あの子の種族は――、「無王」。そして持つ称号は、「変革を齎(もたら)す者」である』

◇　◇　◇

精霊王達が遊びに来てから、また数日が経ったある日。

リウとサクヤを寝かしつけ、少し休憩していると、レフィが言った。

「さて、ユキよ」

「何だ、我が麗しの妻よ」

「儂らは子持ち夫婦となった。これからの儂らの日常は、常に子らの世話と共にあるじゃろう」

「そうだな、元々イルーナ達の世話はあったが、それに加えてこの子らの世話と、忙しくなるな」

つっても、イルーナ達はもう、手が掛からなくなってきたから、忙しさで言えばそこまで以前と変わらないかもしれない。

俺、皇帝じゃなくなって自由でいられる時間が増えたし。

まあ、元々少女組って、そう俺達が何でも世話しなきゃならない、みたいな子達ではなかったがな。

おっちょこちょいなところのあるシィも、自分に出来ないことを「できなーい！　たすけて～」とはっきり言って、手を貸してもらったりしているので、意外と要領は良いのだ。

あとシィ、最近滑舌がさらに良くなってきたような気がする。学校に行き始めた影響だろうか？

「うむ。しかし、故にこそ儂らは、夫婦の時間というものを、もっと大切にしていかねばならんと思うのじゃ」

「なるほど、確かにその通りだ。つまり……あなたのその構えは、夫婦の語らいのためのもの、という訳ですか」

「よく理解出来たの、流石儂の旦那じゃ」

眼前のレフィが構えているのは、俺が造ったスポンジ製竹刀。

スポンジ製なのに竹刀とはこれ如何に、という感じではあるが、とにかく竹刀を構えている。

だが、侮るなかれ。レフィは母親の面が多く出るようになったとはいえ、変わらず覇龍なのだ。

恐らく、豆腐を投げつけただけで相手に致命傷を与えることが可能な女。いや、流石に豆腐は無理かもしれない。

とにかく、である以上たとえスポンジ製であろうが、気を抜いたら殺られる……！

「……夫婦の語らい兼、運動不足解消、ということか」

俺もまた、スポンジ製竹刀を構え、レフィと相対する。

「そうじゃ！　この、えっと、確かお主が言っていた……ケンドゥーでの！」

「剣道な」

「そう、ケンドーンでの！」

「剣道な」

二回目はわざとだな、お前？

「オホン……うむ、良いだろう、我が妻がそれを望むのならば、夫として相手を――と思ったけど、いや、ちょっと待て。何でそれで剣道なんだ。わざわざ俺にスポンジ竹刀まで用意させて」

「それは、儂がお主のど頭をすぱーん！　とやりたいからじゃ！」

「最悪な理由だった」

夫はサンドバッグではないということ、ここらで一度知らしめねばなるまいか。

「まあ、別に、何か他のすぽーつでも良いんじゃがの。ユキ、何かやりたいのでもあるか？」

「え、いや、そう言われると特に思い付かないが……」

何だかんだコイツとは、色んな遊びをしてきてるし、ここであえて剣道っていうのは新鮮ではあるが……。

「それなら、ちゃんばらで決定じゃの！　ほれ、構えよ」

チャンバラ言っちゃってるがな。

「……仕方あるまい、何故か無駄にやる気満々な我が妻のためだ。是非とも俺が、剣道というものをお前に教えてやろう！　見よ！　これが我が魔王流一の型！」

そう言って俺は、元々持っていた竹刀に加え、脇差サイズの竹刀をさらにアイテムボックスから取り出し、二刀を構える。

決して二天一流ではなく、魔王流一の型である。なお、二の型は存在していない模様。

「ほう！　二刀流か！　良いじゃろう、相手にとって不足なし！　では儂は、覇龍流……なんか語呂が悪いのぉ。ユキ、何かないか」

「邪知暴虐流覇龍の型」

「ぐべあ！」

ダメか、邪知暴虐流。ピッタリだと思うんだが――おっと、不敵な笑みが怖いからこの思考はここでやめておこう。

「じゃあ……無難に、覇龍奥義か、もしくは夫しばき流覇龍の型、とかか」

「ほう、良いの。後者を採用で。――夫しばき流覇龍の型！　とくと見るがよい！」

レフィは、無駄にカッコ良く上段に構え――ぬ⁉

レフィの姿が、消える。

いや、正しく言うと、竹刀はその場に残り、それを握っていたはずのレフィの姿だけが、その場から消失した。

文字通り、目にも留まらぬ動き。

「なっ、どこに……⁉」

「ぬはは、油断大敵！　竹刀を持っておるからと言うて、それを使うと思うたら大間違いじゃ！　食らえ、必殺くすぐりケンドー！」

「それは剣道とは言わない――わあははははは、ちょ、あははは！」

後ろから抱き着かれ、そのまま投げられたりするのかと思った俺だったが、そうではなくレフィはくすぐり始める。

俺の脇腹や首筋などをレフィの小さな手が這い、耳をむしゃむしゃと甘噛みされる。

「くひっ、あはは、こっ、のっ！」

「おっと危ない！　たわいないの、魔王流。その程度では、儂を捉えることは出来んぞ？」

俺をくすぐっていたはずのレフィは、いつの間にか目の前に戻り、竹刀を構えていた。

「や、やるじゃねぇか、その剣道だかどうだかわからない攻撃……だがな、レフィ！　俺は魔王であり、しかしそこから覇王へと至った者！　覇者たる王の力、今こそ見せてやろう！　これが、魔王流最終奥義、覇王の剣、だ！」

「ぬっ……！」

突撃をかました俺を、レフィはやはり目にも留まらぬ速さでかわそうとするが――集中すれば、今の俺なら、見える！

視界の端に残像だけ、であるが、レフィの姿を捉えた俺は、竹刀の二本ともから手を離し、彼女の腕をぐわし、と掴む。

捕まえた！

「さっきの仕返しだ！　覇王の剣――尻尾重点爆撃！」

「うにゃあっ⁉」

レフィを一気に引っ張りよせ、抱き締めるようにして拘束した俺は、そのままヤツの弱点である尻尾を重点的に攻める。

撫で、くすぐり、ギュッと握り締めると、わかりやすく身体を跳ねさせ、くねらせるレフィ。

「し、尻尾はずるいぞ！」

「悪いがそんなレギュレーションは存在しないのでな！　弱点があればそこを突く、これが戦いの基本だ！」

「うにゅうっ、くひっ――この、お主がそういうつもり、うひぃあ、なら儂にも考えがある！　これがるーる無用の残虐ふぁいとであると言うのならば、こうじゃ！」

「ぬあっ⁉」

身体を揺すって振り解かれたかと思いきや、突如俺の身体が動かなくなる。

金縛りのような状況。十中八九、レフィの魔法だ。

「おまっ、魔法はずるいぞ、魔法は！」

「魔法が駄目、といううれぎゅれーしょんが存在しているとは聞いておらんからの！　さあ反撃じゃ！　食らえ、必殺くすぐりケンドーばーじょん２！」

「さっきと全然変わってないうひゃひゃひゃひゃっ！」

そうして俺達は、決して剣道ではない戦いを繰り広げ、後程埃が舞うし、うるさくてリウ達が起きるから外でやれ、とレイラに怒られるのだった。

リウとサクヤが大きくなったら、恥ずかしくてこういう遊びしてるとこを見せらんないだろうし、今の内にやっとかないとな。

……いや、案外何も気にせず、二人が大きくなっても同じことをしてるかもしれんが。

◇　◇　◇

――ダンジョンでの、ある日のこと。

基本的に仲が良い少女組の中で、珍しいことにイルーナとエンが喧嘩をしていた。

「無し！」

「……有り」

「むむむ、エンは意志が固いことをよく知ってるけど、でもこれだけは言わせてもらうよ！　エンのそれは、おかしいよ！」

「……いいや、我が家で食べる時に必ず一緒に出て来る。つまりそれは、一緒にあるべきものであるということに他ならない」

「でも、おにいちゃんは掛けないもん！」

「……レイラは掛ける」

彼女達が言い争っている問題。

――からあげに、レモンを掛けるか否か。

それは、世界を二分し、大戦を引き起こしかねない論争である。

誰も彼もが己こそ正義であると信じ、己が主張を掲げ、それを譲ることはない。

そう、世はまさに、からあげにレモンを許容する派と、いやいらないだろ派の二派閥による大戦争の時代なのである……！

なお、この戦争の亜種として、目玉焼きソース醤油戦争や、きのこっぽい菓子とたけのこっぽい菓子戦争などが存在しており、世界とは火種で溢れ返っているのだ。

と、その時、二人の言い争いを横で聞いていたシィが、彼女らに待ったを掛ける。

「はい！　レモンよりも、シィはマヨネーズくんがいいと思います！　マヨネーズくんは、さいきょーなので！」

「シィは何でもマヨネーズ付けたがりだから、論争に参加する資格はありません！」

「……同意」

「えー、ひどいなー、ふたりとも」

ぶー、と唇を尖らせるシィだが、実際彼女は味が濃いものが好きなだけなので、論争に参加する資格はないのである。

「からあげは、それだけで完成されてるの！　だから、そこにさらに別の味を足す必要はないはずだよ！」

「……その理屈はおかしい。それなら、白米も完成されているけれど、白米を白米だけで食べることは少ない。つまり料理とは、単体だけで考えるものではなく、組み合わせることで無限大の可能性を生み出すもの」

と、そこで、再びシィが口を開く。

「はい！　ごはんに合うのは、おかかのふりかけだとおもいます！」

「それは全然関係ないし、一番美味しいふりかけは鮭のふりかけだよ！」

「……それには異議がある。そもそもふりかけではなく、おかずと一緒に食べることが白米の味を最も際立たせる。でも、あえて言うなら、一番美味しいふりかけはたらこ」

「たらこは、なんかもう全部たらこになっちゃうよ！　ふりかけって感じじゃない！」

「……むむ。それはそうかもしれないけど、でも美味しいことは間違いない」

「それは……そうだけどさ！　わたしも好きだけど！」

「シィもすきー！」

二人の熱を帯びた言い争いは、白熱していく。

確固たる信念を持つ二人は、たとえ家族が相手でも、いや家族が相手であるからこそ、目を覚ましてほしいと、必死に言葉を紡ぐのだ。

「……こうなったら、仕方がない！　おにいちゃん！」

「……そっちがその気なら、レイラ」

そうして彼女らが呼んだのは、大人組の二人。

「えーっと……どうした、お前ら」

「どうしましたかー？」

「おにいちゃん！　エンがね、からあげにレモンは必須って言うの！　おにいちゃんも、レモン掛けない人でしょ？　だから、あのわからず屋にレモンはいらないって教えてあげて！」

「……わからず屋はそっち。レイラ、からあげにレモンは必須っていうこと、しっかり教えてあげて」

「いや、俺は別に、レモンあっても無くてもどっちでもいいんだが……」

「なるほど、わかりましたー。しっかりからあげにレモンの良さをお教えしましょうかー」

「お、おにいちゃん！　そんなんじゃ負けちゃうよ！　レイラおねえちゃんは、あんなにやる気いっぱいなのに！」

慌てるイルーナを見て、ユキは若干戸惑いながらも、レイラに向き直る。

「お、おう。そうだな。わかった、他ならぬイルーナの頼みだ。——からあげにレモン！　問おうレイラ、何故と！　からあげがあったらレモンと、みんな当たり前のように考えてるが、何故その二つをわざわざセットにするのか！」

「最初にからあげという料理を教えてくださったのはユキさんですし、その付け合わせとしてレモンを用意したのもユキさんですけどねー」

「そうだった。イルーナ、からあげにレモン、最初に用意したの俺だった」

「い、いや、でもおにいちゃんはレモン、掛けないでしょ！」

「それもそうだ。からあげは単体でも美味しいのに、わざわざレモンを掛ける必要はないはず！」

「ですが、レモンを掛けることによって酸味が加わり、味にキレが生まれるのですよー。確かに、レモンが無くともからあげは美味しいでしょうー。ですが、レモンがあることで、その美味しさがさらに際立つのですー」

「イルーナ、マズい。やっぱり負けそうだ」

「お、おにいちゃん⁉」

「……主と言えど、たわいなし」

ちなみに、その日の夕食はハンバーグであった。

ハンバーグは至高。

その点において彼女らは意見の一致を見たため、「人には人それぞれの好みがある。が、ハンバーグは美味しい」という結論に至ったことで、終戦した。

こうして歴史に、からあげレモン大戦争の一幕が追加されたのである――。

閑話一　レイラの一日とネルの一日

朝。

陽が昇ってすぐ、というような時間帯に、レイラは同僚――いや、家族の声で、夢現の意識が急速に浮上する。

「レイラ、朝っすよー」

「ん……おあよう……おはようございます」

「あはは、レイラは朝、本当に可愛いっすねぇ」

「……うるさいですよー」

朝が早く、寝覚めが非常に良いリューに笑われ、だんだんと明瞭になっていく意識。

レイラは、意外と朝が弱い。

ユキ達には「唯一の弱点」と冗談交じりに言われることもあり、実際自分でも朝が弱いことは自覚している。

単純に夜遅くまで起きているから、ということもあるが、早くに眠った日でも皆より遅くまで眠ってしまうことがあるので、多分もう個人差なのだろう。

「リウとサクヤはー……」

「大丈夫っすよ。さっきお乳も与えて、また眠ったところっす」

「そうですかー。……リュー、何だか本当にしっかりして来ましたねー」

「ウチも子供の親になったんすからね。レイラ達に甘えてばかりもいられないっす！」

大事な友人であり、妹のようでもあり、そして今では家族であるリュー。

妊娠してから、彼女の内面が劇的に変わったことを、レイラはよく知っている。

初めてこのダンジョンにやって来た時から、ずっと一緒に――それこそ、朝昼晩とずっと一緒にいる間柄である。

あまり喧嘩という喧嘩もしたことなく、一定の距離感で、だが確かに互いを尊重して過ごしてきた日々。

だから、レイラのことをよくわかっているのはリューであるし、逆にリューのことをよくわかっているのも、やはりレイラなのだ。

その点では、二人はユキよりも互いのことを理解していると言えるだろう。

レイラは、友人の変化が我がことのように嬉しく、何だか感慨深いものがあり、ダンジョンに来てから書き続けている住人の観察日誌には、最近はリューのことが多く書かれていた。

母親になることによる、心理的な変化。

自分自身も、ここに来て相当性格が変わったのではないかと思っているのだが……彼女と同じように母親となったら。

いったい、どれだけの変化が現れるのか。是非とも記録を取らなければならない。

――子供。

以前の自分ならば、子供を持って子育てをするなど、考えられなかっただろう。

だが、今の自分は、我が子を産んで育てる、という未来が想像出来るようになっている。

その未来を、自ら求めるようになっている。

この変化は、ユキを愛しているから、ということもあるだろうが……リューが産んだ子であるリウと、レフィが産んだ子であるサクヤの世話をするのが、本当に心に充実感を与えてくれているのを、実感していることが大きいだろう。

厳密には我が子ではないのにもかかわらず、もはや自分の子供そのもののように感じており、驚くべきことに、この身を動かし続けてきた知識欲すら、後回しに出来るようになっているのだ。

師匠であるエルドガリアも……自身や妹分のエミューを育てる際に、このように感じていたのだろうか。

「……フフ」

「？　どうしたっすか？　何だかご機嫌っすね」

「いえ、今私は……今日一日が、楽しみだと思いましてー」

「ほほう、それは良いことっすね！　ウチも、レイラやみんなと過ごす一日が、楽しみっす！」

レイラはニコリと笑い、ベッドから出る。

「さ、身支度して、朝食の準備をしましょうかー。リュー、手伝ってくれますかー？」

「勿論(もちろん)っす！」

レイラは手早く身支度を整えると、リューと協力して朝食の準備を始める。

◇　◇　◇

ダンジョンの住人達の最近の生活は、リウとサクヤの世話が中心にある。

二十四時間付きっ切りという訳ではないが、目が離せない以上当然のことで、というか皆が二人を構いたがるので、自然と誰かがほぼ常に見ている、という状況なのだ。

レイラも、その一人である。

「いないいないい～……ばあ！」

「だぁ！　あぁ」

「いないいないい～……ばあ！」

「あぅ、あぁ」

大喜びのリウと、リウ程ではないものの楽しそうに手足を動かすサクヤ。

「フフ、乳児の段階で個性が現れるのは、面白いですねー」

同じように家族から愛情を注がれ、同じように育てられている二人。

いったいどの段階から、二人の性格に差が生まれたのか。リウの方が先に生まれたことによる、月日の差か。

……いや、生まれた時から二人には、多少だが差があったように思う。

ということは、母が違うからか。それとも、個々が生まれた時点で個性というものが生み出されるのか。

興味深い。ヒトの神秘というものが、この赤子達には詰まっている。

なんて、二人をあやしていると、その様子を自身の旦那様——ユキが見ていることに気が付く。

「？　どうしましたかー？」

「いや、レイラがやるいないいないばあ、バチクソに可愛いなと思って」

「……もう、からかわないでくださいー」

「ははは、すまん」

ユキは笑い、レイラの横に並ぶ。

「我が子達よ、レイラママの貴重ないないいないばあだぞー。いっぱい楽しめー」

レイラママ、という言葉の響きが、何だか無性に嬉しく感じながら、彼女は言葉を返す。

「この子達も、大変ですねー。覚える家族がいっぱいでー」

「そうだなぁ、その点はこの子ら、家族が多いからちょっと困るかもな。最初に誰の名前を呼ぶか、今から楽しみだわ。よし、リウ、サクヤ、パパのユキだぞー！」

「あう、あぁ！」

「あぁ、うぃ」

「フフ、パパのことは、もうわかってるみたいですねー。じゃあ、ママのレイラですよー」

「だう、うぅ！」

「うあ、あぅ」

「お、ママのこともわかってるみたいだな。まあ、いっぱい世話してくれる人だもんな！　案外、最初に呼ぶ名前もレイラな気がするぜ」

「そうだったら嬉しいですが……レフィとリューにちょっと悪い気もしますねー」

「はは、確かに。けど、そうなってもしょうがねぇさ。こればっかりはな」

　そうして、ユキと共に二人の世話をし、昼を過ごしていく。

夜。

　一日が過ぎ、皆が寝静まったくらいの時間帯。

　最近、リウは成長によるものか、だんだんと昼夜の区別が付くようになり、夜中に起きる回数が少なくなっているのだが、サクヤの方はまだ夜に起きて泣くことも多い。

　ただ、そういう時は、ダンジョンにいる限りあまり睡眠を取らずとも良いユキと、覇龍であるが故に肉体が誰よりも強いレフィが面倒を見てくれることが多く、おかげで夜が辛(つら)いということはほとんどない。

　二人が夜中に世話をしたらしく、そのまま赤子達の横でお互いに連なるようにして眠っている、なんて様子も朝見かけるようになり、その姿を見ると微笑(ほほえ)ましい気持ちになる。

あの二人の関係は、本当に、変わらない。

出会った頃からの仲の良さのままで、仲良く喧嘩をしているところなどを見ると、少し羨ましくもなってくる。

自分では、あそこまで対等に付き合えないからだ。

あれだけお似合いの夫婦というのも、なかなかいないだろう。

「……ふぅ」

今日一日の日記と記録を書き込んだノートをパタンと閉じ、小さく伸びをする。

まだ考察等を纏めたい気分であるが、これくらいにしておかないと、明日に響く。

朝が強い方ではないのだ。あまり遅くまでやっていると、またリューに起こしてもらった時、からかわれてしまうだろう。

見ると、彼女はすでに寝息を立てており、気持ち良さそうに寝入っている。

可愛らしい姿にクスリと笑みを溢した後、少し喉が渇いたので、リューを起こさないよう気を付けながらリビングの方に出る。

すでに夜遅いため、寝入っている家族達。

暗くてほぼ何も見えないが、慣れた足取りでキッチンに向かい、お茶を汲んで喉を潤す。

飲み終わった後、コップを軽くゆすいで食器の水切りかごに置き、リビングに戻り――と、暗闇に目が慣れてきたことで、レフィの布団が大きくめくれ上がっていることに気が付く。

大分豪快な寝姿だが、間違いなく身体が冷えるので、レイラは微笑ましい思いで彼女の布団を掛け直した。

「ん……レイラか」

「あ、すみません、起こしてしまいましたねー」

どうやら、人の気配で目が覚めてしまったらしい。

レフィではなく、その隣の布団で眠っていたユキが、そう声を掛けてくる。

「今から寝るところか？」

「はい、先程日課の記録等を書き終わりましてー」

「そっか。それじゃあ……一緒に寝るか？」

笑って、こちらが入りやすいように一つ位置を横にずれ、布団をめくるユキ。

「……はい」

レイラは、少し気恥ずかしい思いを感じながら、だがユキの誘いを断らず、その場に両膝を突く。

そして、彼の布団の中に入り、その腕の中に包まれた。

温もり。

彼の体臭。

甘える、という行為。

自分には似合わないと感じていながらも、それをしたくなるのは……彼の妻であるということが、すでに自分の中心に位置しているからだろうか。

もう、自分は徹底的に変質してしまったのだ。もはや戻ることはない。

「……ユキさん」

「ん？」

「……いえ。おやすみなさい」

「あぁ、おやすみ、レイラ」

ユキに軽く抱き留められている内に、自分でも驚くくらい、あっという間に目蓋が重くなっていき——。

◇　◇　◇

その日も、ネルは辺境の街アルフィーロにいた。

勇者としての仕事のためである。

大々的に飛行船が導入されたことで、アーリシア王国のどこにでも短時間で展開することが可能となったが故に、国内においてもはや最高戦力であると言っても良いであろうネルも、もう王都に縛られる必要がなくなったのだ。

それに、今の彼女の仕事は、どちらかと言うと『魔王ユキの妻』という役割にある。

現在では彼は皇帝でなくなったが、しかしその存在に大きな影響力があることは未だに変わらない。

ワイルドカード。

鬼札。

夫が魔王ユキであるため、彼と常に連絡が取れるというのは、アーリシア王国にとってもはやそれだけで他国に存在しない非常に大きな武器なのだ。

彼女が、歴代の中でも突出した力を持つ勇者である、という事実よりも遥かに。

そんな訳で、現在の職場がアルフィーロに存在しているネルは、今日も今日とて訓練や周辺の魔物を狩る日々である。

そうして勤務地が変わったことに加え、他種族との融和政策が進んだことで、勇者としての仕事は以前と比べ減ったが、かと言って暇な時間が増えたかと言うと、実はそうでもない。

それは、このアルフィーロという街自体に理由がある。

ここは国の端に位置し、すぐ近くに『魔境の森』という秘境の地が存在している。

ユキ達がもはや『雑魚』と判断し、無視するような魔物であっても、人間達にとっては生死を賭けて戦わねばならない敵であり、それらが常にすぐ隣の領域に広がっている。

だから、ネルの魔物退治の仕事だけは増えているのだ。

また、そんな街に集まるのは、やはりそれなりに戦える者であり——つまり、強さを求める者が数多くいるのである。

「はい、終わり」

「なっ⁉」

男の握っていた剣が、いつの間にか腕の中から消失し、今しがた剣を打ち合わせていたはずの少女――ネルの手の中に、それが握られていた。

「ど、どうやって……」

「まだ、剣が自分のものになっていない感じがありますね。剣が肉体の延長に存在するもの、という意識をもうちょっと持つことが出来れば技量も上がりますし、少なくともこうやって相手に武器を取られることはなくなるかと」

「信じらんねぇ、こんなにも差が……ご指導、ありがとうごぜぇやした」

「はい、お疲れ様です。――それじゃあ、次の方どうぞ！」

今日彼女がいるのは、冒険者ギルドの訓練場。

稽古を付けてくれないかとギルドに請われ、それをネルが受け入れ、さらに教会が許可を出したため、こうして場が整えられていた。

ただ、この場に揃っているのは冒険者だけではなく、他に軍人、騎士、聖騎士、傭兵など、腕に覚えのある者達が数多く集まっている。

さらにその中には、人間だけではなく魔族や獣人族の姿も見られた。

彼女が皆に訓練を付けることが布告された結果、戦いを生業にする者がこれだけ集ったのである。

ウォーウルフ族との繋がりもあって、アルフィーロにいる間ネルは積極的に他種族と関わるようにしており、そのおかげで「何かあったらとりあえず彼女に相談しよう」というくらいには、彼らに頼られるようになっている。

言わば、他種族の相談役のような役割を今では担っており、そんな彼女が今回その力を見せるとあって、人間以外の種も多くが集まってきたのだ。

　今日のために、わざわざ飛行船で他国から訪れたものすらいる程である。

と、その時、周りで観戦していた人間の冒険者が、たまたま隣にいた魔族に声を掛ける。

「なあ、魔族のあんちゃん。魔族が強いってのは聞いてるんだが……となると、アンタらの中でもあれくらい戦える戦士っているのか？」

「いや……我々を高く見積もってくれているのはありがたいが、ここまでのは滅多におらん。魔族は時折、怪物のような強さを持つ化け物が生まれるが……つまり、我々においても、彼女の分類はそういうレベルだ」

「そっか……そうだよな。なんかちょっと、安心したぜ」

「こちらとしては、極まった人間はあそこまでの実力を有する、ということがわかって、恐ろしい限りなのだが。人間という種が単体で他種族に相対してきたという事実を、今垣間見た気分だ」

「安心しな。あの勇者の嬢ちゃんは、とっくのとうに人間の枠を超えてっから。――そっちの獣人族のおっちゃんはどうだ？」

　人間の冒険者は、次に反対側にいた獣人族に声を掛ける。

「……俺は一度、今代の獣王様の戦いを間近で見たことがある」

「ほぉ？　それで？」

「お前らがどこまで理解しているか知らんが、俺達にとっての『王』とは、強き者でなければならない。随一の戦士でないとな。つまり、獣人族における王ってぇのは、単純に考えて今の獣人達の中で最も強い者を指す訳だ」

「あー……話の先が少し見えたな」

「大体お前の想像通りだ。仮に、あの嬢ちゃんと獣王様が戦った場合、俺にはどっちが勝つのか判断出来ん。少なくとも、俺如きが推し量れるレベルにはないな」

「……ちょっと前にゃあ、今の勇者様は弱いなんて噂が流れてたが、ありゃとんだ大嘘だったか」

「何？　人間は見る目がないな。どうすればあれだけの気配を放っている者が弱者に見えるのだ」

「それにゃあ、同感だ、魔族の。驚く程強い奴がいるかと思えば、全く道理のわからん奴もいる。人間はチグハグでよくわからん」

「人間は数が多いから色々いんだ、色々。まー、勇者様のは多分、政治のアレコレがあったんだろうなっつー想像は付くが……俺は学がねぇから詳しいことはわかんねぇわ！」

「そうか。頭が悪いのは俺も同じだ。仲良くやろう、同類よ」

「おう、じゃあそこに俺も入れてもらおうかね。頭突き以外で、頭を使うことは嫌いだ」

「何だそうか。種族は違くとも、お頭の出来の悪さは一緒ってか！」

ガハハ、と笑い合う三人。

その何気ない会話もまた、少し前までは、存在していなかったものなのだ。

なお、三人の会話はネルも聞こえており、ほぼ化け物みたいな扱いに色々と物申したいところではあったが、変に反応したらそれはそれで負けな気がするので、聞こえていなかったことにする。

「……それにしても勇者殿。以前に比べ、随分と、その……特徴的な武器を使っていますな」

そう話しかけるのは、ネルと知り合いの聖騎士。

「あぁ、これですか？　このサイズの武器を使えるようになりたいなぁって最近思ってまして。まだまだ全然、身体の方が流されるから扱えてないんですけどね。だから僕も、実は今訓練中です」

「……十分、使いこなせているように思いましたが」

「ははは、いやいや、まさか。こんなのはただ身体能力でごり押ししているだけですよ」

ネルは、以前まで使っていた聖剣『デュランダル』を教会へと返還し、現在はユキが作った剣である『夜葉』を主武器として使用している。

武器そのものであるエンの意見を参考に、ユキが愛する妻のため本気で作ったその剣は、すでにネルの手にも馴染んでおり、彼女が夜葉を握って戦う時、『剣聖』と呼ばれた先代勇者レミーロ＝ジルベルトすら「その剣がある時は、私でも相手するのがギリギリですね」と評している。

単純な剣技は未だレミーロの方が上だが、それ以外の要素が合わさると、最強と呼ばれた先代勇者でももう勝てなくなってきている。

剣聖とまで言われた男を相手にして、それなのだ。

ネルの身長、腕の長さ、筋肉量、ステータス、剣技、戦い方、戦法の好み。

彼女だけの、彼女の剣における全てを反映させた剣は、その実力を確実に一段階上へと押し上げていた。

が――実は今、訓練で使っているのは、夜葉ではない。

それを使うと、打ち合った相手の剣を斬ってしまうため訓練にならない、というのもあるが、最近「エンのことも扱えるようになりたいなぁ」という思いがあり、ユキに頼んで訓練用の大太刀を別に作ってもらったのだ。

娘と息子が出来た。

実子ではなくとも、二人は間違いなく自分の子供。

二人が大きくなった時、身を守る術をしっかり教えてあげられるように、今の内にもっと剣術を磨いておきたい。

そういう思いがあり、以前にも増してネルは訓練に打ち込むようになっていた。

常人では、もはや持つことすら厳しい重量のエンと似た長さに、似た重さをした模擬刀。

ネルの身長よりも長く、ネルの体重よりも重い。

これだけ扱い難い剣が扱えるようになれば、剣術自体も成長するだろう、ということである。

――これがあの子自身だったら、あの子の方で調整してくれるから、楽なんだけどねぇ。

エンならば、身体が流されても彼女の方で修正して最適の斬撃に変えてくれるし、そもそも重心管理もしてくれるので、変に身体が流されることなどないのだ。

あまりに楽過ぎて、彼女を手にして戦うと訓練にならない、というのがネルの正直な感想だったりする。

ちなみに、ユキはエンありきの剣術に慣れ切ってしまったので、もう他の刀剣類は使えない。

故に、彼女がいない時の武器は開き直って鈍器を使うようになっており、手慰みに何か武器を造る時も、大型の戦棍や戦槌などばかりを用意するようになっていた。

あとは、変なおもちゃや、実用性皆無だが無駄に格好良い武器を造り、興が乗ってポンポンと造り過ぎて、後程「邪魔じゃ」とレフィに燃やされるまでが一連の流れである。

「――ほ、報告！」

そうして、ネルが一人一人訓練を付けていた時だった。

少し焦った様子で、比較的若い聖騎士がその場に現れる。

「付近にて、戦災級の魔物の出現が確認されました！　勇者殿には、出動の準備をしていただきたく……！」

その言葉にザワ、と訓練場がどよめくが、しかしネルだけは平然とした様子で、言い放った。

「お。ちょうどいいですね。よし、じゃあ皆さん、実戦訓練に良い相手が現れたようなので、移動しましょうか！　付いて来てください！」

「ちょ、ちょうどいいって、戦災級ですよ……!?　しかも、訓練!?」

「大丈夫です、それくらいの相手なら。一応僕、勇者なので」

ニコッと笑うネルの姿を見て、すでに彼女の実力を理解しているここの者達は、「……まあ、実際大丈夫なんだろうな」と苦笑を溢し、そして確かに訓練に良い機会だと、移動の準備を開始する。

ネルの言動が、皆の『勇者』の定義をだんだんとおかしくしているのだが、彼女はまだそのことに気が付いていないのだ。

第二章　少女組の成長

リウとサクヤが生まれてから、妻軍団はめっきり変わった。行動の一つ一つに、『妻』よりも『母』な面が出始めたのだ。

イルーナ達も、変わった。学校に行き始めてから一気に精神が成長し始め、『幼女組』から『少女組』になり、さらに『姉』としての意識が強く芽生えたように感じる。

そんな彼女らの成長具合を見て、俺は一つ思うことがあった。

――シィの滑舌が良くなっている気がする。

いや、うん、もっと内面の変化のこととか、そういうのも気になりはするが、最近その点が特に気になるのだ。

だから俺は、確認してみることにした。

「なあ、シィ。『隣の客はよく柿食う客だ』って言ってみて」

「となりのお客さんはよくカキを食べます！」

いや、そうじゃないんだが。

「あー……じゃあ次は、『坊主が屏風（びょうぶ）に上手に坊主の絵を描いた』」

「ぼーずがびょーぶに……なんかいっぱい絵をかいた！」

いっぱいは描いてないですね、恐らく。

「『赤巻紙青巻紙黄巻紙』」

「えーっと……色とりどりでキレーだね！」

そうだね。

思ってたのとは全然違ったが……とにかく、やっぱり滑舌が良くなってるな。

シィの滑舌の甘さが結構好きだったのだが、これも成長か。嬉しいような、ちょっと残念なような。

「シィ、滑舌良くなったなぁ」

「そ～？　あんまりわかんないけど、そうだったらうれしいな～！」

にへへぇ、と笑うシィ。

シィはこの、のほほんとした笑顔が可愛いんだよなぁ。

「もしかして、学校で何か教わったりとかしたのか？」

「んー、おんがくのじゅぎょーとか、受けたりしたからかな？　あのね、うたいながら、発声のれんしゅーとかするの！　シィ、おんがくは、まほーのじゅぎょーの次にすき！」

「へぇ、音楽の授業もあるのか。音楽はいいよなぁ。俺も、別に得意でも何でもないが結構好きだったわ。楽譜を読んだりもするのか？」

「よみかたは教わったよ！　まー、シィはおぼえらんなかったから、イルーナたちに教えてもらうんだけどね。がくふ、おたまじゃくしにしか見えないよ～」

「はは、そうだな。確かに。俺もちょっと自信無いわ。イルーナ達の方がよほど読めるかもしれん」

簡単な楽譜くらいなら読めるんだがな。ピアノの楽譜とか、もはや暗号だ。訳がわからん。

それからもシィの学校のことをいっぱい聞き、話が一段落したところで、俺は聞いた。

「な、シィ。シィは将来、何かやりたいことってあったりするるか？」

するると、シィは即答しなかった。

少し考えるような素振りを見せ……そして、言った。

「……まだね、わかんない。やってみたいことは、いっぱいあるよ！　興味をひかれるものはいっぱいあって、たのしいこともいっぱいあるから！　あ、ダンジョンのまものとして、ここを守ることも、したいよ！」

「ダンジョンのことは、考えなくてもいいいんだぜ？　シィにやりたいことがあるなら、そっちを優先してくれればいいさ」

だが彼女は、首を横に振った。

「ううん、シィは、なんだかんだ言っても、あるじが生みだしてくれたまものだから。それはね、シィのまんなかにあるもので、変わることはぜったいにないよ！　レイスの子たちも、それは同じだとおもう」

「……そうか」

「だから、わかんないけど……でも一つたしかなのは、だれかが笑顔になってくれることがしたいね！」

「笑顔？」

「うん！　あのね、シィは、みんなの笑顔がすきなの！　だれかが笑ってると、シィもうれしいの！　だから、それができたら、みんなも自分もしあわせでしょ？　笑顔があれば、世はこともなし！」

……なるほどな。

シィらしい、良い夢だ。ウチの子が偉過ぎてちょっと泣きそうである。

「だから、もくひょうは～……アレだね！　あるじだね！」

「俺？」

「うん！　あるじがレフィおねえちゃんに怒られてるとき、みててたのしいから！　で、あるじもたのしそうだし！」

「い、いや、別に怒られてる時は楽しくないぞ？　怒られてるんだからな」

「ウソだ～！　だってあるじ、怒られてても、ニヤニヤしてるときおおいもん！」

「それだけ聞くとすごいヤバい奴だな、俺」

苦笑する俺。

怒られてると言っても、多分レフィとふざけてる時のことを言っているのだろうが、そこを目指されても困るというものである。

「まあ、アレだね。しょーらいのことはわかんないけど、とりあえずいまは、リウとサクヤにとっての、頼れるおねえちゃんになりたい！　そのために、がんばるのが先だね！」

「シィはもう、頼れるお姉ちゃんさ」

「そうかな？　そうだったらうれしいな。ま、でも、もっとがんばるよ！」

にぱっと笑みを浮かべるシィの頭を、俺はポンポンと撫でた。

……この子らの、夢か。イルーナ達にも、聞いてみるかな。

少し前、我が家に家族が増えました。

リウとサクヤ。

どちらも、とっても可愛い、見ているだけで胸がぽかぽかしてくるような、新しい大事な家族です。

リウは、いつでも元気いっぱいで、まさにリューおねえちゃんの子って感じです。その愛くるしい動きを見ていると癒されまくりで、どんな疲れも一瞬で吹き飛んでしまいます。

サクヤは、リウよりも大人しい子ですが、やっぱり愛くるしいのはリウと一緒で、時々見せる笑顔など、可愛過ぎて頭がとろけそうになります。

あと、サクヤは人をよく見ているような印象があります。おもちゃとかで遊ぶ時は、一人で遊ぶよりも、誰かが一緒に遊んであげるととても喜ぶような印象で、もう可愛さがてんげんとっぱしています。

ちなみに、『てんげんとっぱ』の意味はよく知らないのですが、おにいちゃんが使う感じからして、多分上限を振り切っているような様子を表す言葉でしょう。

そう、リウとサクヤの可愛さは、もう測れないレベルにあるのです。可愛すぎて毎日てんげんとっぱです。

また、二人が生まれたことで、家族のみんなにも、変化が起きたように感じます。

特に、大人組のみんなです。

おにいちゃんは、父親らしく。

おねえちゃんとリューおねえちゃんは、母親らしく。

リューおねえちゃんとか、前はちょっとおっちょこちょいなところがありましたが……いや、今でもおっちょこちょいなところはあるのですが、ただそれ以上に頼もしさを感じるようになった気がします。

失敗した、じゃあ次はそれ以上に頑張ればいいという、そういう切り替えがとっても早くなったように思うのです。

レイラおねえちゃんやネルおねえちゃんも、リウとサクヤが生まれて母親らしくなったように思いますが、おねえちゃんとリューおねえちゃんの変化は、それ以上に大きいように感じます。

そうしてリューおねえちゃんが頼もしくなったことで、彼女ととりわけ仲の良いレイラおねえちゃんが、時々涙ぐんでいる様子を見かけます。どうやら相当感慨深いようです。

きっと、お腹(なか)を痛めて子供を産むことによる心の変化というものは、わたしが想像付かないくらいに、とっても大きいのでしょう。

大人組に変化があったように、シィやエン、レイスの子達にも、変化があったように思います。

学校に通い始めたから、というのもあるかもしれませんが、それ以上に、自分達に『弟妹』が出来たことの方が、強い影響があったように思います。

あの子達の中に、「姉になったのだから、それに相応しいようしっかりしなきゃ」という意識が、芽生えたように見えるのです。

のほほんとしているシィなんかは、その変化が顕著で、ふわふわな言動自体はいつもと変わらないものの、何だか芯の部分がしっかりし始めたように思います。

リウとサクヤを姉として守ろう、という意識を持っていることが、節々で感じられるのです。

エンや、レイスの子達からもそういう思いが感じられ、その意識も見習っていこうと思うものです。

自分のことはわかりませんが、わたしも彼女らと同じように成長出来ていたら、嬉しいな。

そんな、家族が増えたことで変化したみんなですが——前と変わらないこともあります。

「ゆ、ユキ！　それは儂が食うておったものじゃぞ！」

「うむ、美味い美味い。人が楽しみにしていた菓子を食べる時は、なお美味い！」

おねえちゃんが食べていた途中の菓子を、横から首を伸ばしたおにいちゃんが、がぶっと噛み付いてモグモグ食べました。

「こ、このっ、しょうもないことしおって……！　というか、まだ自分の残っておるではないか！」

「フッ、レフィよ……全ては弱肉強食。自分の菓子より他人の菓子を食べる方が美味しい。それがこの世界だと俺に教えてくれたのは、お前だろう？」

「そんなこと一度も言うたことないわ！」

「そうだったか？　確かにそうかもな」

出会った頃から変わらず、楽しそうにケンカを始める二人。

結局あとで、おにいちゃんは自分用のお菓子を食べた分だけおねえちゃんにあげると思いますが、多分ちょっかいを出したくなってしまったのでしょう。そもそもおにいちゃん、そこまでお菓子が好きな訳じゃないし。

おにいちゃん、ケーキとおせんべぇならおせんべぇの方が好きな人なので。

ただ、おねえちゃんもおねえちゃんで、口では怒っている素振りを見せながらも、様子からして楽しそうなのが丸わかりなところが、可愛いところです。

本当にお似合いの夫婦です。

リウとサクヤが生まれ、そのお世話をする時間が増えたので、前程ではなくなったのですが、それでも二日に一回くらいはこうしてイチャイチャしています。

良いことではあるのですが……正直「はー、またやってるよ……」とちょっと呆れてしまいます。

大人組のみんななんかは、こうなった時の二人のことは、生暖かい目で見てそっとするのがいつもの対応です。

まあ、おにいちゃん達があやって騒がしくしていると、家全体が賑やかになって楽しいので、二人がそうしているのを見て「日常だなぁ」と感じるものなのですが。

ちなみに、夜は夜で、二人だけで楽しそうに遊んでいるらしいということは、エンから聞いています。

魔王の力があるおにいちゃんは、お家――ダンジョンにいる間はあまり眠らなくても良いそうで、おねえちゃんの方は覇龍で肉体が世界で一番強いそうなので、つまり二人は夜の時間が長いんです。

だから、みんなが寝静まったあとも、リウとサクヤの様子を見ながらボードゲームで遊んだり、お酒を飲んだりして、二人の時間を形成しているそうです。

多分それは、二人にとっては無くてはならない、大切な時間なのでしょう。わたしは夜はすぐに眠くなってしまうので、ちょっといいなぁと思ってしまいます。

……種族がどうの、というのは別に特に考えたことはないのですが、こういうところだけはとても羨ましくなります。

夜は眠くて眠くてしょうがありません。学校に行くようになってからは、お寝坊することも出来なくなったので、大変です。

学校、とっても楽しいけれど、朝がキツいのだけどうにかならないかなぁ……なんていつも思ってしまいます。

シィもエンも、レイもルイもローも、特殊な種族なので一日元気いっぱいで、それが羨ましくなってしまいます。

レイラおねえちゃんの妹、エミューだけが、わたしの辛さに共感してくれます。

おにいちゃんとおねえちゃん以外の大人組も、大人だからか朝早くても特に気にした様子はないですし……ただ、面白いのは、一番しっかりしていてお母さんみたいなレイラおねえちゃんが、実は最も朝が弱かったりすることです。

趣味の研究を夜遅くまでしているらしい、ということを除いても、レイラおねえちゃんは朝が眠くなってしまうようで、可愛いです。

我が家にいると、十人十色、という言葉を、強く実感します。

ただ、そうして十人十色であっても、とても仲の良いわたしの家族達を見ていると、平和というものを強く感じられて、嬉しくなってしまうものです。

みんなが、わたしの家族みたいならば、世界はずっと平和だろうという確信がわたしの中にあります。

——今のわたしの日々は、こんな感じです。

毎日騒がしく、楽しく、充実した日々。

「……んふふ」

「？　イルーナ、どうしたの～？」

「……イルーナ、楽しそう」

「ん、そうかも！　みんな、幸せそうだなぁって思って」

「しあわせいっぱい～！　しあわせのお菓子～！」

「……このお菓子は幸せの味。作ったレイラは幸せマスター」

「エンがいうなら、もう間違いないよ！　レイラおねえちゃんは、しあわせマスタ～」

「フフ、ありがとうございますー」

「ははは、まあそうだな。毎日三食、加えて菓子も、レイラのマジで美味い料理が出て、俺達は幸せだ」

「その儂の分の幸せを、お主が今食うたがの！」

「もー。二人とも、何でもいいけど、あんまりのんびり食べてると夜食べられなくなっちゃうよ」

「そうっすよ、二人とも。イチャイチャするのは良いっすけど、全部一緒に洗いものしたいんで、食べ終わってからイチャイチャしてほしいっす」

「「い、イチャイチャしとらんわ！」」

それは無理がある。

わたしは、そうして今日をみんなと共に過ごしていく――。

◇　◇　◇

シィと夢の話をしてから、またある日のこと。

俺は、イルーナにも同じことを聞いた。

「なぁ、イルーナ。イルーナは今、将来やりたいこととかあるか？」

「やりたいこと？」

「あぁ、つまり、将来の夢とかだな。こういうことをしてみたい、っていうのが、学校に行き始めてから何か見つかったりしてないか？」

俺の問い掛けに、彼女は考える素振りを見せる。

「うーんとね……将来の夢って言えるのかはわかんないけど……とりあえず、色んなものを、いっぱい見て、知りたいって思いはあるかな」

「色んなものってのは……」

「場所とか、物とか、そういうのに限らず色んなもの、だよ。おにいちゃん達と過ごしててさ、わたし、思ったんだ。──この世界は、とてつもなく広いんだって」

イルーナは、少しワクワクしているような。

未来に思いを馳せるような顔で、言葉を続ける。

「おにいちゃん達と過ごすようになって、わたしの世界はとっても広がったよ。でも、わたしが知っているものなんて、この世界から見ると本当にちっぽけなもの。それは何だか、勿体ない気がするんだよ」

勿体ない、か。

面白い視点だ。言いたいことは、よくわかる。

知らないよりは、知っていた方が楽しいし面白い。知らない方が良いこともあるかもしれないが、少なくとも知っていた方が得なことというのは、多いだろう。

これは、そう難しい話ではなく、例えば……スポーツ。

そのスポーツのルールを知らなければ、白熱した試合を観ても面白くないかもしれない。が、一点を取り合う展開や、複雑だが緻密に組まれた陣形など。

知っていたらそれは、観戦していて物凄く楽しいと思えるはずだ。

ボードゲームのルールだってそうだし、どこか旅行へ行った際だって、現地のことを知っているのか知らないのかじゃあ、楽しさは全然違うはずだ。

知らなければそれは、ただの何の変哲もない平凡なものだ。

知っていればそれは、世界に二つとない花かもしれないし、新種の生物かもしれないし、心を震わすとんでもないものかもしれないし、何か世紀の大発見かもしれない。

知識とは、往々にしてそういうものなのだ。

だからイルーナは、知らないことは勿体ないと言うのだろう。

学問だってきっと、ちゃんと学んで知れば、楽しく――なるんだろうが、『知ろう』って思えるモチベーションになるまでがな……。

「別に、ちっぽけなのがダメなんて思ってないし、きっと大事なものっていうのは、些細なものの中に含まれてると思うの。それに、ヒトの身じゃあ、結局わたしの生涯を掛けても知ることの出来ることなんてごく一握り。あんなに知ることが好きなレイラおねえちゃんですら、まだまだ勉強している最中だって言ってたしね」

大事なものは、些細なものの中に含まれている。

深い、大人でも考えさせられる言葉だ。

「そうだな……人生は死ぬまで学びだってのは、よく聞く言葉だな」

「そう、そうなの。それでも、まずは学ぼうとする姿勢、知ろうとする姿勢を持つことが大事なんじゃないかなって。だからまあ……うん、とにかく色んなことが経験したい。それがわたしの、夢だね」

イルーナは、出会った頃から聡い子だったが……今は、こんなことを考えているんだな。

ともすれば、大人の俺よりも、遥かにしっかり物事を考えているかもしれない。

この、知ろうとする姿勢は、俺も学ばないといけないだろう。

――あとは、エンだな。

彼女の『剣として生きる』という望みは知っているが、イルーナもシィも、これだけ変わっているのだ。

今なら、それ以外にも何か、夢が出来ているかもしれない。

◇　◇　◇

大太刀の少女、罪焰。

愛称は、エン。

彼女は以前と比べ、よく喋り、自分の意思を示し、家族でなくともわかりやすい感情を見せるようになった。

羊角の一族の里の学校で知り合った、新しい友人などからは、寡黙でちょっと変わった子、というように認識されている彼女だが、ずっと一緒にいる家族などからはその変化の具合は顕著なものであるため、ユキなどは彼女の姿を見て嬉しそうに笑みを浮かべるのだ。

ただ、色んな面で成長し、変わってきたエンには、最初から変わらない点もまた存在している。

いや、正しくは、元々持っていた気質が、ユキ達と過ごすことで磨かれ、よく表に出て来るようになった、と言うべきか。

それは――真っすぐで、折れぬその意志である。

頑固とも言うべきものであり、職人気質(かたぎ)とも言うべきものであり。

決して折れぬその刃(やいば)のように、一度そうと定めたものには、彼女は自身の意見を曲げることは、絶対にしないのである。

だから、学校で出来た友人からの印象は『物静かな子』であっても、彼女のことをよく知る者の印象は『気が強い子』、なのだ。

ユキに振るわれ、様々な戦いに身を投じ、主(あるじ)を守らんと修羅場を潜(くぐ)り抜けてきた彼女が、ただ『物静かな子』というだけである訳がないのである。

別に、頭が固い訳ではない。人の意見はしっかりと聞くし、相手の言葉に理があると認めれば自分の意見を変えることもする。

しかし、彼女の中で譲れないもの。

胸に抱いた信念。

それだけは、何者が相手でも決して揺らぐことはない。

心に根差した思いにだけは、彼女は絶対に意思を変えない。

――たとえ、主と慕い、人の感情で言えば親に対する愛情、とでも言うべきものを抱いている、ユキに対しても。

「…………」

「え、エンさん、聞いてくれ。こ、これは致し方のない理由と言いますか……け、決して手慰みにただ作っただけとか、そういう事実はないと言いますか……」

「……刃が付いてる」

ユキが手に持っているのは、最近新たに作ったらしい、見慣れぬ武器。

いや、彼が武器を作ることはよくあるが、問題は今回作ったのが、『おもちゃ』ではない形状にあるということだ。

エンが、何者にも譲らぬ、決して折れぬただ一つの信念。

それは、己こそが主を守る剣である、という思いである。

その思いを失うことは、エンにとって己が死ぬことに等しい。刃が折れ、二度と斬れなくなることに等しい。

ユキの思いとしても、未来永劫エン以外を主武器として使うことはないが、仮にそういう未来が訪れれば、その時にエンは死ぬのだ。

そうでなくとも、これははっきり言って『浮気』に当たる。

だからエンは、ユキが自身以外の剣を持てば悲しむし、怒るのだ。

戦棍は自身とは役割が違うし、主に合っている武器なので許すが……刃が付いているのは駄目だ。

包丁とか、ノコギリとかもギリギリ許すが、武器となったら駄目だ。

正直、主の剣術は下手だ。それに関しては、ネルの方が明らかに才能がある。だから、刃の付いた武器は補佐が出来る自分以外必要ない。

必要ないったら必要ないのである。

「い、いや、待て！　確かにこれには刃が付いてる！　けど、これを振るって戦おうとは考えてないんだ！　ほ、ほら、最近ネルがお前を振るえるようになりたいって、訓練で大剣使い始めたろ？　だから、それ用に幾つか用意しとこうって思っただけなんだ！」

「……むむ」

ユキが今し方作っていた武器は、大きい。何より、形状が少々エンに似ている。

だからこそ彼女は機嫌を損ねたのだが……確かに最近、ネルが大太刀が使えるようにと訓練を始めたことはエンも知っている。

愛する妻のために、ユキが良い武器を拵えようとするのは、当然の流れだろう。

情状酌量の余地あり、か。

……本人の中に、ちょっと試してみたい、という思いがあることも間違いないだろうが。

ユキが外に出る時は、必ず共にいたのがエンだ。それくらいの内心はお見通しである。

と、怒るような素振りを見せていたエンだが、フリはこれくらいでやめ、ポンと彼の膝の上に乗る。

ユキが自分のことを大切に思ってくれていることは、よく知っている。だから、エンが本当に話したかったのは、別のことだ。

「……やっぱり主、ちょっと、お暇？」

「……お前が相手だから言うが……そうだな」

ユキは、以前と比べ、やることが少なくなった。

生まれた子供の世話をするという日課は増えたが、それは家族みんなで分担して行っているので、労力という点で言うと彼には全然余裕がある。

むしろもっと、自分の労力を増やしてくれても良いくらいだと考えているようだが、ダンジョンの皆、特に他の大人組がこぞって子供達の世話をしたがるので、それならばと彼は一歩引いて任せているのだ。

そして、エン達少女組も学校に通うことになり、つまりユキがエンを武器として振るう機会は、極端に少なくなった。

それはユキ自身が望んだことであり、逆にエンなどは「嫌だ」と一度は駄々をこねたものであるが……エンを持たなくなったことで、ユキが魔境の森に出ることが少なくなったのも、確かな事実なのである。

ユキでしか振れないであろう戦棍を持って、魔境の森で狩りをしたり、ちょっとずつダンジョン領域を広げることはしているようだが、少なくとも魔境の森の西エリアに踏み込むことはしなくなった。

完全に未知の場所に行くこともしない。

外で皇帝の仕事があった頃に戻りたいとは露程も思っていないが、ユキとしても今が少々退屈だとは、思ってしまっているのだ。

「ただな、エン。それは今だけだ。リウとサクヤがもうちょっと大きくなったら、色々連れて行こうと思ってるからな！　世界は広く、色んなものがあるってことを教えてあげるには、この家の中だけじゃなく、外に出なきゃならない」

「……主が、エンにも言ったことだね」

「そう、そしてそれは、俺にも言える。俺はこの世界に来て、色んなところへ行って、色んなことを経験したことで、ちょっとは人間として成長出来たと思ってる。まだまだ足りないものばかりだが」

「……そんなことない。主は、立派」

「はは、ありがとう。けど、それは俺が、お前らに立派だと見て欲しくて、見栄(みえ)張ってるんだ。だが、そうやって見栄張るためにも、色々経験して知らないとな。だからエン、リウとサクヤを遊びに連れて行く時は、一緒に付いて来てくれよ？」

「……当たり前。エンが、主の剣」

「あぁ、頼むよ」

膝の上に乗るエンの頭を、ユキは優しく撫(な)でる。

温かい手のひら。

エンは、こうしてユキに頭を撫でられるのが、好きだ。

この、本物ではない肉体に、温もりを感じられるから。

皆とは種族がかけ離れているとか、本体が刀であるとか、そんな全てが些細なことであると思うことが出来るから。

「……ん。だから、エン以外の武器、使っちゃ駄目。戦棍と、包丁まではいい。ノコギリとかもギリギリ許す」

「も、勿論わかってるって！　これは後程ネルに渡すから、俺が持つことはないさ」

「……それなら、誠意を見せて」

「へへぇ、お嬢様の求めるままに」

ユキは笑って、そのままエンの頭を撫でる。

エンもまた小さく笑みを浮かべ、満足するまでユキの膝から降りることはなかった――。

◇　◇　◇

イルーナから夢の話を聞いて、また後日。

最後に俺は、エンにも同じことを聞いた。

「エン。エンは何か、将来やりたいことってあるか？」

「……？　主の剣」

何を当たり前のことを聞いているのだろう、という様子でそう答えるエン。

「あ、いや、それは知ってるさ。けど、学校に行き始めて、色んなことを学んでるんだろ？　こういうことやってみたい、っていうの、増えたりしてないか？」

「……エンの存在意義は、主の剣として振るわれること。それが叶う限り、他の全ては些末事」

この子はやっぱりブレないな。

こう言い切ってくれるのが、嬉しいやら何やら。

「ありがとな、エン。俺も、エンが俺の剣であろうとしてくれているのは、嬉しい。というか、俺自身エン以外の武器を主武器にするつもりはないから、そうじゃなくなられるとちょっと困るんだけどな。けど——人生は、長いんだぜ。中心とするものは曲げずとも、他の何かに手を出してみたりしても、良いんじゃないか？」

「……むむ」

俺の言いたいことを、わかってくれたのだろう。

彼女は腕を組んで、難しい顔で考え始める。

「……まず、エンはみんなと在り方が違う」

「在り方？」

「エンは、剣。剣とは、誰かが使うことで、初めて本領発揮が出来る。つまり、受動的な在り方が基本的。ヒトの身体を得たところで、それは変わらない」

……そうか。

その在り方は、俺達では頭で理解出来ても、感覚的にはわからないものだ。

だがそれは、エンが『俺の剣』という立場にこだわる、根本的な理由なのだろう。

「……だから、エンが自分で何かをする、というのは無い。あくまで、みんながやることに付いて行くだけ。でも、ちょっと気になるものはある」

「お、いいね。それだ、そういうのだ。何が気になるんだ？」

「……イルーナのやることに興味がある」

「イルーナの？」

エンは、話す。

「……イルーナは、普通の子。聡(さと)いところはあるけど、感性も、考え方も、ただの女の子。だからこそ、彼女が何者になるのか、興味がある。あの子、結構すごいし」

「へぇ……エンから見たイルーナってのは、そうなのか」

「……ん。イルーナには、『カリスマ性』と言えるものがある。学校だと特にわかるけど、自然とみんな、あの子の言葉を聞き入れて、あの子を中心に動く。リーダーって訳じゃなくても、自然とみんな、あの子の名前を呼ぶ」

俺達大人組の知らない、イルーナの顔。

俺達にとって、あの子は庇護(ひご)対象であり、妹であるが……同年代の子らの間では、そんな立ち位置なのか。

それは、知らなかったな。

「……イルーナがこれから、いったい何を為すのか。いったい何を目指すのか。それにとても興味がある。だから、あの子がどこかへ行く時は、付いて行きたい。似たようなことは、シィも、レイ、ルイ、ローも、多分思ってる」

「そうか……それじゃあ俺は、お前達が全員で何を為すのかを、興味深く見守るとしようか」

「……ん。見てて。エン達で世界を愉快に回すから」

それは楽しみだ。

本当にな。

あの子達、三人の思い。

ちゃんと聞いておいて、良かった。

リウとサクヤの世話も大事だが、彼女らの成長を見守り、手助けすることも、保護者として大事なことだ。

そこを、疎かにしてはならないだろう。

エンは、イルーナの行く末に興味があると言ったが……俺からすれば、エンの行く末も、シィの行く末も、興味があるんだぜ。

お前達のこれからの成長が、俺は、今から楽しみで仕方がないよ。

閑話二　セツとリルとユキ

リル夫妻の娘。

セツ。

サラサラで、モフモフで、フワフワな毛並みを持つ、フェンリルの幼い子供。

リウの妹であり、サクヤの姉であるという立場の彼女は、生まれてからまだ日が浅いものの、ヒト種とは違って成長が早いため、すでに自身の意思を鳴き声で表せるようになっている。

もう、会話が出来るようになっているのだ。

理解する力も発達してきており、自分の家族が父と母だけではなく、もっといっぱいいることも、すでにわかっているのである。

「クゥ」

そんな、家族がたくさんの彼女の毎日は、ワクワクと楽しさで溢(あふ)れている。

朝。

父と母の間で丸まって眠っていた彼女は、父の「起きなさい」という優しい声で目を覚ます。

「……くぅ～」

「クゥ？」

まだ眠いよ～、と応える娘に、リルは笑みを浮かべて「それなら、朝食はいらないんだな？」と問い掛ける。

「く、くぅ！」

今までの眠気はどこへやら、彼女は一瞬で跳び起き、その様子を見て母がクスクスと笑う。

セツは、ダンジョンが生み出した存在ではないが、父親がリルであるためか、ある程度ダンジョンの魔物としての力を受け継いでいる。

つまり、ダンジョン領域内にさえいれば力が流れ込んでくるため、食事をあまり必要としない、という特徴があるのだ。

幼体であるからか、それともリル妻の血も入っているからか、リルとは違って完全に食事がいらないという訳ではないようなのだが、ダンジョンから力が流れ込んでいることはユキとリルの二人でしっかりと確認を取っている。

ただ、ダンジョン関連について、具体的に何が出来て何が出来ないのかはわからないことの方が多く、まだまだ幼いセツでは上手く説明出来ないことばかりであるため、その辺りは彼女が大きくなってから、ということに決めている。

今はただ、お腹いっぱいになるまで食べ、好きなだけ遊んで身体を動かし、健やかに成長していけばいいと、そう決めているのだ。

「くぅ！」

朝食を食べた後は、母に「行ってきます！」と言って、リルと共に日課の縄張りのパトロールだ。

と言っても、この辺りはすでにリルが完全に支配下に置いている地域であるため、敵対生物が現れることはほぼ皆無である。

なので、セツは張り切っているものの、これはただの散歩だ。

また、支配下に置いている魔物達へのセツの顔見せ、という思惑もリルの中にはあるのだが、セツ自身はそのことを理解していない。

彼ら二匹を見かけた配下の魔物達は、揃って頭を下げ、「おはようございます！」「おはようございます。お嬢、元気そうで何よりです」と声を掛ける。

セツは、リルと関わりの多いペット軍団以外、まだまだ誰が誰だかわかっていないのだが、すでに配下の魔物達の方は自分達の支配者の娘として、皆彼女の顔と匂いと魔力の質を覚えているのだ。

「くぅ～？」

多くの魔物達が声を掛けてくるため、みんなお父さんのお友達なの？　と不思議そうな顔で問い掛けてくる娘に、リルは頷き、話す。

彼らは、皆守るべき、群れの仲間達だ。

狼とは、群れを成して、群れと共に生きる者。

お前も狼の子として生まれた以上、その生き方を学びなさい、と。

「……くぅ～？」

でも、彼らは狼じゃないよ？　と首を傾げるセツに、リルは笑って言葉を返す。

それなら、お前の姉のリウと、弟のサクヤはどうだ？　その家族の皆は？　と。

「！　くぅ！」

群れの仲間！　と答える彼女。

リウとサクヤは、同じ群れの仲間だ。だから、その家族のユキ達も同じ群れの仲間。

あの二人は種族がヒトで、さらに自分よりも成長が遅いようだが、しかし間違いなく自分の姉弟。

自分の家族である。

「くぅ！」

そっか、これが群れか！　じゃあ、家族としてみんなと仲良くしないとね！　と納得の様子を見せるセツを、褒めるようにリルは舐める。

それが嬉しくなり、セツはリルの足に身体を擦り付けた。

――そうして、日課の散歩を二匹がしていた時、ふとリルが空を見上げる。

その先には、セツは何も見つけられず……いや。

よく見ると何かが飛んでおり、少しして、それが何なのかに気が付く。

全身から強い圧力を放つ、だがセツにとっては父親と同じように安心出来る気配。

「よー、お前ら！　散歩中か？」

飛んでいたのは、ユキだった。

「くぅ！」

彼は二人の近くに降りると、三対の翼を消し、ワシャワシャとセツと、そしてリルを撫でる。

「クゥウ」

「はは、そうかそうか、パトロール中か。いや、特に用事って訳でもないぞ。暇だから遊びに来ただけだ」

「！　くぅくぅ！」

彼の言葉にピンと反応し、遊んで遊んで！　と飛び跳ねて纏わり付いてくるセツを撫で回すユキ。

それから、空間に亀裂を作ってアイテムボックスを開くと、中からボールを取り出し……。

「よーしよし……それじゃあセツ、取ってこーい！」

「くぅ！」

ぽーん、と軽く投げられたボールを、セツはブンブンと尻尾を振りながら、一目散に追いかけていく。

ころんころん、と転がっていたそれにやがて追い付き、口で咥えると、ユキのところまで戻る。

「くぅくぅ！」

「ははは、いい子だ。それじゃあ、もう一回……ほい！」

再び投げられたボールを、思い切り追いかける。

ボール遊びは大好きである。追いかけているだけで最高に楽しいからだ。

この楽しさは、日課の散歩、ではなくパトロールと比べても、どっこいどっこいだろう。

わずかに、散歩、じゃなくてパトロールの方が好き……いや、嘘だ。どっちも最高に楽しい。

あと、似ているところでフリスビー遊びがあるが、あれは難しい。

走って行って、追い付くところまでは何とか出来るのだが、上手くジャンプしてキャッチが出来ないのだ。

でも、クルクルと回っていくあれを追いかけるのもやっぱり楽しいので、遊んでくれるのならフリスビーでもいい。

ユキのことは、よく遊んでくれる、親戚のおじちゃんであるとセツは認識している。

安心出来る、リルの匂いをさせているヒト。

ペット軍団以外の、野良の配下の魔物達はユキが現れるとかなり緊張するのだが、セツにとってはそれこそ生まれた頃から知っている存在なので、その気配の強さを恐怖に感じたことは一度もないのだ。

こうやって会う度にいっぱい遊んでくれるし、いっぱい撫でて可愛がってくれるし、とても美味しいものなどを出して食べさせてくれるので、もうセツはユキに懐きまくっていた。

ちなみにリルは、自分の娘が大分遠慮なくユキにじゃれついているのを見て、若干申し訳ないような気分になるのだが、ユキ自身が非常に楽しそうなので何も言えないのである。

「くぅ、くぅ！」

「わかったわかった、セツが満足するまで、何度でもやろうか」

ユキは再び、ボールを投げ――。

◇　◇　◇

散々に遊びまくった故に、疲れて昼寝に入ったセツ。

ユキは彼女を両腕に抱え上げ、しっかり寝かせてやるためリル達の住処へと向かう。

「クゥ」

「なに、気にすんな。お前の娘は、俺にとっても娘みたいなもんだからよ。それに、自分の子じゃないから、もう教育とか考えず好きなだけ甘やかせるしな！」

「……クゥ」

あなたねぇ、と言いたげなリルに、ユキはおどけたように肩を竦める。

「ははは、悪い悪い。だってお前の娘、可愛いんだもんよ。まあ、お前んところも奥さんしっかりしてるから、そこんところは大丈夫さ。しっかりした子に育つって」

「クゥ……クゥ」

「あぁ、その感覚はわかるぜ。レフィも勿論そうなんだが、リューとかさ、子供が出来てから本当にしっかりした感じになってよ。俺も自分が心情的に変化した部分があるように感じてたが、それで母親ってのはすごいなって思ったんだ」

「クゥ」

「そうだな……それなら俺達は、って話だな。男親として、子供を守る。けど、それは大前提も大前提で、親なら当たり前のように果たさなきゃならん義務だ。論じるまでもないことだ。じゃあ、それ以上にいったい何が出来るのかは……一生、探り続けていかなきゃならないものなんだろうな」

真面目な顔で、少し無言になって歩く一人と一匹。

的確な正解の存在しない問。

親となった彼らは、しばし考え……そしてユキは、確実なことを一つ話す。

「……ま、俺にはお前がいる。妻達は別にしても、俺にとっての一蓮托生(いちれんたくしょう)の相棒と言やぁ、お前なんだ。お前と一緒にいれば、どんな強敵が相手でも、どんな難問が立ちはだかっても、何とかなるってもんだ。だから——これからも、よろしくな」

「……クゥ」

娘と似たような動作で、頭を擦り付けてくるリルを、ユキは笑って撫でた。

第三章　リューの家族とレイラの家族

その日、俺はリルを連れて、久しぶりにダンジョンを出ていた。

向かった先は、魔境の森から最も近い位置に存在している、アーリシア王国の街。

辺境の街、アルフィーロ。随分前に街の近場に扉を設置してあるため、行き来は一瞬である。

パートタイム感覚で勇者の仕事を熟（こな）しているネルが、現在拠点としている街であり、俺としてもここの街とは縁が深い。

初めてこの世界で訪れた街は、ここだった。レフィと観光に来たのが懐かしい。

ただ、以前に来た時と比べると、一目で違いがわかるくらいには、変化のあるところが今のこの街には存在している。

それは、飛行船だ。

空を飛び交っている飛行船。この街には航路が通っているため、今も頻繁にそれが行き来しており、駅としてしっかり機能しているのが窺（うかが）える。

各国が協力しているローガルド帝国程ではないだろうが、すでに船も相当数増産されているのだろう。

その関係からか、以前より人の活気に溢（あふ）れているように見えるし、商店などの数も大分増えているように思う。

何より、街にいるのが人間だけではない、というのが大きな違いだろう。人間が一番多いのは変わらないが、こうして見ただけでも、別の種族の者が普通に歩いている様子が窺える。

そのせいか、こっちに向けられる視線も多い。気配をある程度抑えているとはいえ、俺達の強さがわかるのだろう。

まあ、そもそもリル連れてるから当たり前っちゃ当たり前なんだけど。

ただ、もう何度もこの街に訪れたことがあるし、俺とリルのコンビもそれなりに知れ渡っているようなので、衛兵が戦闘態勢で即こっちに来るようなこともない。

ちょっと緊張した様子で、チラチラと見てくるくらいだ。魔境の森に俺が住んでいることはこの国の上の者達は知っている訳だし、何かしら言い含められているのだろう。

――今日ここに来たのは、交流大使としてこの国に駐在しているはずのリューの一族、『ギロル氏族』に連絡を取るためだ。

ようやくウチが落ち着いたので、リューの子が生まれたことを、彼女の両親に伝えようと思ったのである。

「あ、おにーさん！　リル君！　こっちこっち」

と、俺達を見つけてこちらに手を振るのは、ネル。

街に行くことは昨日の内に家で伝えてあるので、今日の俺達の対応をするのも彼女である。

俺とリルだけで行くと色々問題あるのはよくわかるので、アーリシア王国において俺達の窓口兼案内役となるのは、やはりネルなのだ。

「よ。領主のおっさん達は元気か？」

「いやぁ、あんまり元気じゃないかも。仕事が舞い込み過ぎて大変みたいだね。この街、人が増えたから防壁を拡張しようって話になってて、ドワーフの技術者さんと相談するために、今も王都の方に行っててていないみたいだよ。おにーさんが来ること伝えようと思ったら、いなかった」

いないのか。

久しぶりだから挨拶しようと思ってたんだが、またの機会にするか。

「へぇ、そんなことになってるのか。まー、魔境の森のこちら側は、ほとんどリルの縄張りになってるとはいえ、全部が全部支配下って訳でもないしな。壁は必要なもんか」

「クゥ」

そりゃ大工事になりそうだ。

となると、ドワーフの協力は確実に欲しいだろうな。

こういうところで……この世界が一つ変わったことを、感じられるというものである。

「そうだね。僕自身、大分感覚がおかしくなってる自覚はあるけど、どんなに弱くても魔物って脅威だからね。ウチにいるとすーぐ忘れちゃうよ」

「初めてウチに来た時のお前に聞かせたいセリフだ」

「うっ……そ、それはもう、忘れてほしいかな」

「レイス娘達に驚かされて、腰抜かして動けなくなって……」

「うぅぅ〜！」

「わははは、いてっ、いてっ、わかったわかった、悪かったって。もう忘れた、忘れましたー！」

可愛らしく、ポコポコ叩いてくるネルさんである。

「その記憶は、封印するように！」

「アイアイマム」

ちょっと顔が赤いまま、彼女は気を取り直すように一つ咳払いする。

「オホン。で、えーっと、リューの親戚の人達だよね。こっちこっち。——僕もちょっと気にして挨拶したりしてるんだけど、人間社会に馴染むのに苦労しているみたいだよ」

ネルに連れられ、俺はリルと共にアルフィーロの街の中を進む。

「あー、今までとは環境が丸々違う訳だもんな。多分、ギロル氏族の彼ら以外も、苦労してんだろうな」

「そうだね、色々失敗とかもあるみたいだけど、でも交流自体は順調に進んでるみたい。その点、我が家はとっくに他種族交流を果たして、家族になってる訳だけど！」

「同じ種族の、ものの見事に一人もいないもんな。いや、リウがウォーウルフとして生まれたから、そこで初めてか」

レイス娘達は同じ種だが、あの子らは三人で一人みたいなもんだし。

「いやぁ、リウは種族の表示は『ウォーウルフ』かもしれないけど、でもおにーさんの血が入ってるからね。純粋なウォーウルフと比べると……って感じだと思うよ」

「リルのことは一発で気に入ってたが」

「そこはウォーウルフの血だろうけどさ」

笑って、そう言うネル。

……まあ、言いたいことはわかるが。

「多分だけど、僕とおにーさんの子が出来ても、種族は『人間』だろうし、レイラとおにーさんで子が出来ても、種族は『羊角の一族』だろうね」

「……確かに、そうなりそうな気がするな」

「サクヤなんかは、やっぱり表に出てる情報はレフィのものだけど、リウよりもっと強くおにーさんの血を引いたんだと思う。種族『魔王』の血を。おにーさんもう『覇王』だけど。……今更だけど、種族覇王って何さ」

「それは俺が一番聞きたい」

そんなことを話している内に、俺達は獣人族が多く出入りしている建物に辿り着く。

どうやらここが、獣人族の大使館のようなものになっているらしく、リルには表で待っていてもらい、ネルに続いて俺もその中へと入る。

「ウィラリさーん！　こんにちはー！」

「あら、ネルさん！　こんにちは、お久しぶりです。そちらは……もしや、旦那さんの」

ネルが声を掛けたのは、俺の知らないウォーウルフの女性だった。

二人の方は面識があるらしく、気安い様子だ。

「どうも、ユキです。ネルと、リューの旦那の」

「この存在感、確かに……どうも、初めまして。私はウィラリ＝ギロル。ここの職員として働いております。ネルさんには良くしていただいてまして」

顔立ちは似ていないが、ギロル氏族である以上は、リューの縁戚なんだろうな。

「いやいや、こちらこそ。どうやら、ウチのと仲良くしてもらっているようで」

「時間が合った時とかに、一緒にお昼食べたりとかしてるんだ。ウィラリさんも旦那さんがいるから、そういう話をしたりね」

「フフ、ネルさんから色々とお話は伺っていますよ、ユキさん」

「……い、色々と？」

「ええ、色々と」

「色々だよねー！」

楽しそうに笑う二人に、何も言えず苦笑する俺。

ネルも、外でこうやって交友関係を築いているんだな。……色んなところにママ友が出来てそうだ。

「それで、本日はどうしましたか？」

「あぁ、えっと、リューと俺の子が生まれたから、その報告をリューのご両親に伝えたくて」

「！　りゅ、リューお嬢様の⁉」

ガタンと椅子から立ち上がるウィラリさん。

リューお嬢様。

「は、話には聞いておりましたが、もう生まれたのですか！　こ、こうしてはいられません！　お、お祝いの品を用意して、一族で祭りの準備を——いや、連絡！　連絡が先！　今すぐに飛行船の手配をしなければ！」

「あー、うん、はい。出来れば連絡を先にお願いしたいです」

そうして彼女は、居ても立ってもいられない様子で、全てを投げ出してアワアワと建物の奥へ走って行った。

残される俺達である。

……とりあえず、リューが親族に愛されてることがよく伝わってきて、何よりだ。

「……ネル、友人なんだろ？　話してなかったのか？」

「えーっと、一時的に里の方に帰ってたみたいでね。実は僕も、ウィラリさんと会うの、三か月ぶりくらい。今日ここにいることは知ってたんだけど。それに、詳しいところはおにーさん達が自分で伝えたいかなって思って」

「あぁ、なるほど……」

単身赴任……かは知らないが、他所(よそ)の国に仕事に来てる訳だし、一時的に自分の国に戻ってる時期もあるか。国というか、彼らの場合は里か。

最初にネルと挨拶してた時も、久しぶりって挨拶してたしな。

◇　◇　◇

その後、無事にリューの両親には連絡が行ったらしい。

ただ、彼らも色々仕事があるだろうし、何より住んでいるのが遠方の地なので、来るのはもうちょっと先になるだろう――なんて思っていたのだが。

「どうも、お義父さん、お義母さん」

「……やめろ、貴様にお義父さんなどと呼ばれると、背中が痒くなる」

「あら、私はお義母さんで構いませんよ？　もう、身内なんですから」

微妙そうな表情の親父さんと、ニコニコと笑うお袋さん。

リューの両親は、なんと俺達が連絡をお願いした一週間後には、もうこちらにやって来ていた。超早い。

恐らく、連絡が入ってすぐに準備し、その翌日にでも飛行船に乗ったのだろう。じゃないとこの短期間でこっちには来られないはずだ。

「あ、それなら僕も、お義母さんって呼んでいいですか？」

一緒に迎えに来ていたネルの言葉に、リューのお袋さんはニコニコとしながら応える。

「ええ、勿論構いませんよ。うふふ、娘が増えたようで、何だか嬉しくなってしまいますね。ねぇ、あなた」

「……その問いは何も言えなくなるからやめてくれ」

チラリと、視線で助けてくれと懇願してくる彼に俺は苦笑し、口を開く。

「とりあえず、ここで立ち話もなんだし、リュー達が待ってるから、我が家に行こうか。あと、悪いんだが、実は今日、もう一組お客さんが来る予定なんだ」

「ふむ？　わかった、そういうこともあろう。どこのお方だ？」

「レイラ――俺の、魔族の奥さんの家族だ。羊角の一族の」

そう、今日は、イルーナ達の学校が終わり次第、レイラのお師匠さんのエルドガリア女史と、レイラの妹のエミューも我が家に訪れる予定なのである。

イルーナが我が家にエミューを連れて来たいと言い、そう言えば彼女ら一家を招待したことなかったなと思ったので、どうせだからとエルドガリア女史も呼ぶことにしたのだ。

リューの両親が来るのがもうちょっと後だと思って今日呼んだら、たまたまかち合ってしまった訳だが……まあ、彼らにとっても一応、これからは遠縁と言える存在になる……なるよな？　あれ、どうなんだ？

……あんまりわからんが、顔見知りになっておいて損はないだろう。うん。

「ほう、羊角の……わかった、是非挨拶させてもらおう」

「とっても気のいいお婆ちゃんと、可愛い小っちゃな女の子なので、すぐ仲良くなれると思いますよ！　あー、でも、小っちゃい子はちょっと人見知りなところがあるので、そこだけ気にしてもらえると」

そんなことを話しながら、俺達は辺境の街アルフィーロ近くに存在している扉に向かい、我が家へと帰った。

「お、おぉ……！　この子が、私の孫……！」

リューの親父さんが、リウを抱き上げる。

「だぁ、あう」

「はは……リウ、だったか。あぁ、確かにウォーウルフの血を引いているな。それに、娘の面影もある」

「あう、あぁ？」

蕩けた顔で、リウをあやす親父さん。

「……今まで見たことないような顔してるっすねぇ、父様」

「ふふ、でもあなたが生まれた時も、こんな顔をしていたわよ？」

「へぇ？　そうだったんすか。あの厳格な父様が」

「お、おい、余計なことを言うな」

「あら、ごめんなさい。でもあなた、今の顔を鏡で見た方が良いわよ」

「……孫娘が可愛いから仕方ないのだ」

リウは、初めて会った祖父母相手でも、特に泣いたりもせず、抱き上げられても一切ぐずらなかった。

「そうね、仕方ないわね」

「仕方ないっすねぇ」

視線を逸らす親父さんに、ニヤニヤするリューとニコニコするお袋さん。

仲が良さそうな家族達の語らいである。

賢い子――と思ったが、もしかすると、これは獣人だからなのかもしれない。

獣人は、非常に鼻が良い。そのことはリューと一緒に過ごしていて、よく知っている。

だから、リューの両親の匂いに、リューと同じものを感じて家族だと理解したのだと思う。

「こ、これが赤ちゃん……赤ちゃんですよ、師匠！」

「ふふ、あぁ、そうさね。これが赤子さ」

「す、すごい小さいです！」

「そりゃあ、赤子だからね」

「こ、これで生命活動を行えているというのが、私には信じられないです……生命とは、すごいですね！」

「そうさ。命とは、ただそれだけで凄いのさ」

リュー一家の横で、サクヤを囲んで話しているのは、レイラ一家の二人。

どうやらエミューは、赤子というのを見たのが初めてらしく、興味津々ながらもどこかおっかな

びっくり、といった様子でサクヤのことを見ている。

「それにしても、凄まじい力を持つ子だねぇ……流石、魔王と覇龍の子、ということかい。なんと独特な魔力をしていることか」

「それは……わかるです。この子の雰囲気、今まで見たことがないです。これだけのものを観測したのは、羊角の一族の中でも他にいないかもしれません」

二人の言葉に、イルーナが反応する。

「すごいねぇ、やっぱり羊角の人達だったら、そういうのわかるんだ。精霊王せんせーとかもそう言ってたけど、わたしにはわかんないや」

「シィもわかんない！　リウもサクヤも、ただただかわいー！」

「……それは真理。赤ちゃんは可愛い」

「はい！　赤ちゃん可愛いヤッター委員会所属の身として、シィとエンの意見には全面的に同意したいと思います！　赤ちゃん可愛いヤッター！」

「かわいいヤッター！」

「……可愛いヤッター。エミューも言って」

「えっ？　……か、可愛いヤッター？」

「素晴らしい、ここに今、エミューが赤ちゃん可愛いヤッター委員会に所属したことを宣言します！」

「おー！」

「……おー」

拍手するシィとエンに、ウチの子らに付いて行けず戸惑うエミュー。

ネルが設立したその委員会、まだ消滅せずに残ってたのか。

「……ネルさん、ウチの子らが変なこと覚えちゃってるんですが」

「リウとサクヤは最高に可愛いから、いいことだね！」

ぐ、と親指を立てる勇者様である。

――なんて、子供らがワイワイとやっている様子を見ながら、エルドガリア女史が微笑ましそうに言う。

「あははは、アンタのとこの子達は元気だねぇ。子供の姿を見れば、その家のことがある程度わかるってもんだ。相変わらず、仲良くやっているようで何よりだよ」

「カカ、騒がしくてすまんの。家族が増えてからは、その騒がしさもひとしおでな」

「あ、そうそう、聞いてくださいよ、父様、母様！　リウとサクヤの他に、フェンリル様方の子供が生まれて、もー、その子もすごい可愛いんすよ！　リウの妹で、サクヤの姉で、三人とも仲が良いんす！」

「！　フェンリル様の御子！　それも、素晴らしい慶事だな！」

「あらあら、それじゃあこの子達は三人姉弟なのね」

「ほう、フェンリルの子供……それは、アタシも興味あるねぇ」

「ん、せっかくだからリル達も呼んでくるか。ちょっと待っててくれ」

俺は、一旦部屋を後にした。

◇　◇　◇

リューの父、ベルギルス＝ギロルは、思った。

孫娘が可愛過ぎる、と。

可愛過ぎてマズい。見ていると勝手に顔がにやけてしまう。

孫娘の弟の赤子も可愛い。とても可愛いのだが……しかしやはり、申し訳ないことに、どうしても孫娘の方が可愛く思えてしまう。

何なら、世界で一番可愛いのではないだろうか。

「おぅ、あぁい？　あう」

「おぉ、どうした？　我が孫娘よ」

「いぅ、いぃ、あう」

「うむ、うむ、そうかそうか。何を言っているのかわからんが、とにかくお前は可愛いな」

「あぶぁ、ぶぁあう」

その小さな手足を目一杯に伸ばし、不思議そうにペタペタと触ってくる孫娘。

クリンクリンと動く耳。

「あなた」

「何だ」

「恥ずかしいから、そろそろ正気に戻ってくださいね」

「俺はずっと正気だ」

「そうね。とりあえずお茶でも飲みなさい」

「父様、リウ、預かるっすよ。今日はこの子、機嫌が良いみたいで良かったっす」

「……うむ」

抱っこしていた孫娘を娘に渡し、茶を飲む。美味い。

「あははは、アンタの親御さん、愉快だねぇ」

「いやホント、ウチもこんな父様を見たのは初めてで……お恥ずかしい限りっす」

「男親っていうのは、そういうもんだろうさ。アンタの旦那も、子供が生まれてしばらくはそんな感じだったって、イルーナ達から聞いてるよ」

笑いながら娘と話しているのは、羊角の一族の者。名は、エルドガリア。

魔帝……いや、魔王ユキの妻の身内で、つまり自身にとっても縁が繋がったことになる。

ベルギルスは、オホンと一つ咳払いし、取り繕う。

――なお、取り繕えていると思っているのは、本人だけである。

「失礼、初めての孫娘で、少々取り乱してしまった」

「やっぱり正気じゃなくなってたんじゃないっすか」

「うるさいぞ、リュー」

「気にしないでおくれ、気持ちはわかるってもんだ。この子達だけでも可愛いのに、レイラに子供が出来たら、つまりアタシに孫娘が出来たら、きっとアンタと同じくらい喜ぶだろうさ」

と、そこで、娘と同じ魔王ユキの妻の女性と、その姉妹らしい幼い少女の二人が会話に参加する。

「あら、お師匠様。私達を引き取った時は、結構淡々としていましたが、つまりあの時は喜んでくれてなかったのですかー?」

「そうですよ、師匠！　課題で雁字搦めにされた覚えしかないです！」

「そりゃあ、当然。無駄に頭の回る生意気な子供二人だからねぇ。厄介なのを引き受けちまったと思ったもんさ。子供の世話をする時間があるなら、その分で研究したいしね」

「あぁ……まあ、羊角の一族ですからねー」

「……そう言われると、それもそうか、って思ってしまったのがちょっと嫌なところです」

「お主らの種族は、ほんに尖っておるの」

「エミューも、もうしっかりその気質を継いでるんだね……」

「業ですからねー」

「業さね」

「業です」

何だかよくわからないが、同じ角を持つ三人がしみじみとそう呟いていると、先程一度部屋を出て行ったユキが戻ってくる。

そして、彼の足元をちょろちょろとしている、小さな白い毛玉。

フェンリルの子供。

「おーい、セツを連れて来たぞー」

「くぅ……？」

見慣れぬ者が多いせいか、少し警戒しているらしい。

ユキの足にくっ付いて身体を隠すようにしながら、こちらを観察している。

「セツ、この人らは大丈夫だ。みんな家族だからな。ほら、挨拶だ」

「！　くぅ！」

どうやらユキのことはしっかり信頼しているようで、彼の言葉だけで警戒を解いたらしく、隠れるのをやめて前に出てくる。

「うわぁ、師匠見てください、とっても可愛いです！」

「おぉ……お前、フェンリル様方の子供だぞ。すごいな！」

「ほぉほぉ、これはまた……長生きはするもんだ」

「ええ、本当に可愛い……セツちゃん、でしたね？　この子が、リウと姉妹の？」

「そうっすよ！　リウの妹で、サクヤの姉っす！　――って、あれ、リル様方はどうしたんすか？」

「自分らが行くと恐縮されそうだから、あとで挨拶するってさ」

「あー、それは、確かにそうなりそうっすね」

「む……気を遣わせてしまったか」

実際、目の前に現れたら、恐縮してしまうかもしれない。このフェンリルの子供が相手でも、若干ソワソワしてしまっている自分がいるくらいである。

「よーしセツ、いっしょにあそぼう！」

「エミュー、はい、これ、セツが好きなボール。投げてあげて！」

「……セツは、ボール遊びが大好き」

ブンブンと元気良く短い尻尾を振り、期待に満ちた眼差しを送るフェンリルの子供。

「わ、わかったです！　え、えっと……ほい！」

「くぅくぅ！」

小さな狼は、大喜びで転がったボールに向かって駆けて行き、口で咥えて少女のところまで戻る。

「くぅ！」

そして、「もっともっと！」と言いたげに、てしてしと前足で少女の膝の辺りを軽く叩き、アピールする。

その可愛らしい姿に皆が笑い、和やかな時間が続き――。

◇　◇　◇

夜。

ベルギルスは知らぬことだが、ユキがただ『旅館』と呼ぶ、日本風の館。

すでに二度泊まったことがあり、多少は慣れたこの場所にて、ベルギルスは娘婿が用意してくれた酒を口にしながら、縁側に腰掛けていた。

「………」

空を見れば星々が煌めき、遠くに視線を送れば、草原の向こう側に暗闇に染まる山や森が見える。

だが、娘婿曰くここは閉ざされた空間であるそうで、あれらの場所まで辿り着くことは出来ないのだという。

全くそうは見えないが、四方が壁で囲まれており、そもそもこの場所は洞窟の中に存在しているそうだ。

今更ながら、魔王という存在と、迷宮というものの異質さを感じるものである。

「フン……」

ただまあ……在り方が異質であるだけで、本人自体は至って普通の青年であるということは、流石にもう理解している。

皇帝をやめたのも、その辺りに理由があるのだろう。その地位は、ただの青年の肩に乗るようなものではないのだ。

……まあ、その割には意外と上手く皇帝をやっていたようにも思うのだが。

王達に通じる資質、というものを、あの娘婿がある程度備えていることは間違いないだろう。

「クク……リウは、どのように育つことか」

ここで過ごすあの孫娘は、あの魔王を親にし、あの愉快な家族と共に、育つのだ。

いったいどんな子になるのか、今から楽しみである。

なんて、一人で酒を堪能していると、妻が部屋に入ってくる。

「フゥ……ここのお風呂は、本当に気持ちが良いですね。リューに一つ羨ましいことがあるとすれば、毎日あのお風呂に入れることですよ」

娘達と共に風呂に入ってきたらしい妻が、身体から湯気を立ちのぼらせながら、部屋へと戻ってくる。

自分達は今日泊まらせてもらうが、羊角の一族の二人は、夕食を共に食した後、帰ったようだ。どうやら彼らの里には、ここからすぐに向かうことが出来るらしい。

「風情があって、良い風呂だったな。あれに毎日入れるというのは……確かに、羨ましいかもしれん。個人用とは言わんから、せめて一つくらい里にも大浴場が欲しいところだ。帰ったら案を出してみるか。――お前も飲むか。我らの娘婿殿が用意してくれてな。美味いぞ」

「では、一口。……あら、本当に美味しい」

「俺が一人では飲み切れん、遠慮せず飲め」

「ふふ、それなら、いただきますね」

妻はニコリと笑い、ベルギルスの隣に座る。

――そうして、しばし二人は、無言で酒の味を楽しむ。

「お前よ」

「はい、あなた」

「今日は楽しかったな」

「ふふ、はい」

夫婦は笑い合い、作り物でも変わらぬ風情がある月を見ながら、盃を呷った。

◇　◇　◇

リウとサクヤ、二人と共に過ごす日々も、大分慣れてきた。

二人が泣いても、てんやわんやすることは少なくなり、大人組なら各々だけでも対処出来るようになり、落ち着いた日々になってきている。

もう二人は、『新たな家族』ではなく、『いつも一緒にいる家族』なのだ。

外に散歩で連れて行くことも多くなり、二人の行動範囲はちょっとずつ広がっている。

なかなか面白いのが、その散歩だけでも、二人に性格の差が出ることだ。

リウは、新しいものを見ると興味を引かれて興奮したり、逆にちょっと怖がったりする。どうも、獣人の特色を継いだことで五感がサクヤより大分鋭いらしく、それが理由で大きな音が出るものなどが苦手なようだ。

この前、物が落ちた音にビックリして、泣き出していた。

対しサクヤは、やはり新しいものを見ると興味を引かれて興奮したりするが、それら一つ一つをじっくり観察するような様子を見せる。あんまり怖がったりもせず、初めての場所でも物怖じしない。

おもちゃとかでも、リウは色んなものに興味を示して目移りするが、サクヤはこれ、と気に入ったものだけで遊ぶ傾向にあり、こだわりがある。

だから、サクヤは実は、職人気質(かたぎ)でこだわりの強いエンに、ちょっと似ているところがあるのだ。

リウの方は、間違いなくリューー似だな、リュー似。何でも元気いっぱいで、感受性豊か。

まさに、アイツの子って感じである。

「――どうだ、サクヤ。これが、『外』だぞ」

「クゥ」

リルの背中で揺られながら、サクヤを腕に抱き、魔境の森を散歩する。

実は、我が息子にとって魔境の森は、今日が初めてだ。今まで散歩の場所は、草原エリアだけだったからな。

本当はリウも連れて来ようと思っていたのだが、その前にお眠になってしまって寝ちゃったので、今はレフィ達に任せている。

そんな魔境の森の光景に、サクヤは声も出さず、ただじぃっと見入っている。

恐らく、草原エリアとは違うということを、この子も理解しているのだろう。あっちだったらもう、慣れてきてここまで見入る素振りは見せないからな。

それに、魔力の質も随分と違うはずだ。

「お前も、この世界を生きるのなら……戦う術(すべ)を学ばなくちゃな。何があっても、何が起きても、二本足で立って前に進むために。歯を食い縛って、意地を張るには、この世界じゃあ物理的な力が必要になるんだ」

生きるとは、大変なことだ。

特にこの世界は、前世よりも過酷である。種族同士が手を取り合い始めたとはいえ、魔物という脅威は変わらず存在している。

この世界において、ヒトは自然界の頂点に立っていない。

ヒエラルキーの上位に食い込んではいても、その上に立つ生物は数多存在し、見上げればキリがない程に隔絶した力の差がそこには存在している。

特にサクヤは、波乱万丈な人生を送ることが現時点で確定しているようだしな。

それらに打ち勝ち、乗り越えるための生き方と、戦い方は、男親として俺が伝えてやらなければならないだろう。

それが俺の義務であり、そして今後の人生の楽しみでもある。

「クゥ」

「はは、おう、頼むわ。――だってよ、サクヤ。お前が大きくなったら、背中に乗せて強敵との戦いを経験させてくれるってさ。いやはや我が息子よ、お前の人生はなかなか大変そうだ」

「あぅ、うぁう？」

「まあ、でも安心しろ。父ちゃんは実はそこそこ戦えるし、さらに母ちゃんは世界最強だ。ちゃんとお前のことは、守ってやる。いや、ホント、母ちゃんより強い生物はこの世に存在しないんだぜ。そのせいで父ちゃんは毎日尻に敷かれて大変なんだわ。お前が生まれてからレフィのヤツ、なんか気が強くなったからな」

「……クゥ」

「お前がバラさなきゃバレんから平気平気」

俺の言葉に、苦笑を溢すリルである。

「そういやリル、セツには狩りの仕方とか教え始めたりしてるのか？　あの子はもう、大分知能がしっかりしてきたけど」

「クゥ、クゥウ」

「あぁ、そうか。そういやそうなるか」

セツは、ボール遊びが大好きだ。

ボールと見ればブンブンと尻尾を振り、投げれば一目散に追いかけていく。

ただ、あれは、考えてみれば獲物を追いかける練習でもあるのか。うむ、あの様子だと狩りの才能はありそうだ。

少々おっちょこちょいな面が現時点で見え隠れしているが、『フェンリル』という種族に生まれた時点で、戦えないなんてことはあり得ないだろう。

「俺は、あの子がボールを追いかける姿を見る度に、『あぁ、お前と親子だな』って思うぜ」

「……クゥ」

「ははは、そうか。リル奥さんも俺と同じこと思ったか。流石、よく見てるな、お前の奥さんも」

セツは、外見は二人の特色を継いでいるが、やっぱりリル似だな。間違いない。

違うところと言えば、リルは迷惑を掛けられる側だが、セツは相手を振り回す側であるということか。

まあ、女の子はそれくらい元気でおてんばな方が可愛いというものだろう。

——なんて、サクヤをあやしながら、リルに乗って散歩を続けていると、近くに寄って来る覚えのある気配。

「おう、揃ってるな、お前ら」

のそりと現れる、四匹の魔物達。

デカ蛇のオロチ、デカ鴉のヤタ、化け猫のビャク、水玉のセイミ。

別にサクヤと初めての顔合わせという訳ではないので、テキトーにのんびりしてくれていて良かったのだが、今日俺達がこっちに出て来ると聞いて集まってくれたのだ。

ちょっと前に「のんびりしてていいんだぜ」と言ったら、「主の家族が来るのに、顔を見せないのはあり得ない」とビャクが大真面目な顔で言い、だがその直後にセイミが「みんなで、可愛がりたいだけだけどね～」と言い、嘘が吐けないオロチとヤタがスッと俺から顔を逸らす、なんてやり取りがあったのだが、コイツらはコイツらでウチの子らを心から歓迎してくれているようだ。

「ほら、サクヤ。ウチのペット軍団だぞ。みんなに挨拶するんだ」

「だぁ、あぁう」

俺の言葉を理解している訳ではないだろうが、ペット軍団を見ながら、機嫌良さそうに声を漏らすサクヤ。

こういう時、コイツらの対応も大体決まっていて、オロチとヤタは慌てたようにワタワタとし、ビャクは「なーお」と鳴いて普通に挨拶し、セイミはこちらに近付いて楽しそうにふよふよと周りを漂うのだ。

雄二匹の方は、自分らが不器用だと思っているから、小さくか弱いこの生き物に下手に近付いたら、ケガさせてしまうんじゃないかと気にするのである。

イルーナ達に振り回されまくって、いい加減子供には慣れただろうと思っていたのだが、赤子はまた別ということか。

「あう、あぁぶう」

と、ふよふよとした動きに興味を引かれたのか、近くで漂っていたセイミにサクヤが手を伸ばす。

セイミが、気を利かせて肉体の水玉の一部をサクヤに向けると、我が息子はきゃっきゃと喜びながらそれに触れ――次の瞬間だった。

セイミの身体が、ボワリと淡く光る。

えっ、と固まっていると、サクヤはセイミから手を離し……光が消える。

思わず腕の中を見ると、つい今しがたまで元気いっぱいだったはずの我が息子は、眠そうに数度瞳(ひとみ)を瞬かせ、そして数秒後には眠りに就いていた。

「……今のは、何だ？」

セイミに顔を向けるも、ただ不思議そうにその場を漂っている。

何か、体感的に変化が起こるようなものではなかったのか。

「って、これ……」

俺は、眠るサクヤを見て、あることに気が付く。

この子が今、いったい何をしたのかはわからないが……しかし、明確な意思の下に行動したことだけは、確かなようだ。

何故(なぜ)なら、サクヤのステータスに、新たな称号が追加されていたからである。

それは——『魔物の王』。

> 魔物の王：魔物達と心を通わし、統べる者。種も言葉も違えど、しかし彼らは王を慕い、王に従い、共に苦難を乗り越えるのだ。

「——なるほどのぉ。やはり、と言うべきか、何と言うか……まさに、お主の子じゃなぁ」

先程の出来事を説明すると、何故かしみじみと、そう溢すレフィ。

「え、そ、そうか？」

「その時々にて、適した力を得るのは、魔王の力以外の何物でもないですねー」

レフィの言葉に同意するように、そう言うレイラ。

……言われてみると、確かにそうか。

状況に合わせ、適宜『器』の形が変わっていくのは、魔王の力そのものか。

「それで、セイミの方は何か変わっておったのか？」

「あぁ、実はサクヤを確認した後に見てみたら、やっぱり一つ称号が増えてた」

セイミに増えていた新しい称号――『王の友』。

王の友：王と心を通わし、友となった者。彼らに主従はなくとも、しかし確かに、絆は存在するのだ。

セイミ自身に聞いてみたところ、何だか一つ、サクヤとパスが繋がったような感覚があるようで、我が息子が眠ってしまったから確認出来ていないが、もしかすると意思疎通がもっと簡単に出来るようになったかもしれない、と話していた。

俺が、ペット達とかなりしっかり意思疎通が取れるのと似たような能力ではないだろうか、とも言っていた。

ただ、称号の字面からすると……それだけには思えないんだよな。

「ふむ……じゃが、良い力じゃな。それは、自分だけで生きるのではなく、他を求め、共に生きるための力じゃ。お主は直属の配下が五匹おるが、もしかするとこの子はそれを超えるかもしれんのう」

「はは、ありそうだ」

俺とは違う形で……サクヤは、魔物を従えていくのかもしれないな。

何だか、楽しみだな。是非とも我が息子には、魔物達との付き合い方を教えなければ。

ちなみに、シィとレイス娘達を入れれば俺の配下は全然五匹じゃないのだが、正直あの子らのことは、もうそういう風には見れないからな。

彼女らを戦いの場に出すことは、二度とないだろう。

あぁ、いや、そう言えばあと一匹、ローガルド帝国から連れ帰ってきた狼君がいたか。

まだまだ弱いが、もうちょっと強くなってくれれば、直属の配下に加えてもいいかもな。

彼のことを意外とウチのペット軍団が気に入っているのだ。「見る目がある」とか「機転が利く」とか「ユーモアがある」とか言っていた。

ユーモアがある、はよくわからないが……やはり、適した状況判断が下せるだけの、高い知能を持っているのだろう。

「で、思ったんだけどさ……サクヤは、早めに色んなことを体験させてあげた方がいいと思うんだ。子供だからその内でいい、っていうようなことも、早い内から経験しといた方が、この子のためになるんじゃないかって」

「確かにのう……どうやらこの子は、お主以上に数多を経験することになりそうじゃからな。武器は多いに越したことはないじゃろう」

「まだ早い、と心情的には言いたくなってしまいますけどねー。確かに、そうかもしれませんー。ユキさんとレフィの二人で見ていれば、外に出てもどうとでもなるとは思いますしー……」

コクリと頷くレフィと、少し心配そうなレイラ。

「そう心配せんでも良いじゃろう。数多を経験させる、と言うても、別に戦いの場に連れて行く訳でもない。要は、観光とかで良いのではないか？　本格的に戦いの術を教える、というのは、流石に身体が出来てからになるじゃろうし、それまでは遊びのようなもので良いと思うぞ」

旅行か……確かに。

「今更だが、そういう戦う術って、世間一般じゃあ、いつくらいから教えるんだ？　他所のご家庭じゃあ」

「龍族は生まれた時から魔法が使えるし、そこらの魔物ならば蹴散らせるぞ」

「お前ら最強種族は、こういう話に参加する権利はありません」

「何じゃとぉ～？」

わざとらしく怒ったような素振りを見せながら、わしゃわしゃと俺の髪をボサボサにするレフィ。

彼女の好きなようにさせたまま、俺はレイラへと問い掛ける。

「どうなんだ、レイラ？」

「私達の一族では、魔法の技術を教えるのは三歳辺りからですが、それが当たり前にあるものと認識させるために、乳児の段階から魔法を使ってあやしたりはしますねー」

「あぁ、それでリウとサクヤにも、色々見せてあげてるのか」

レイラが、二人をあやしながら魔法を見せたりしている様子は俺も見ている。レイラに言われ、俺達が魔法を見せることもあるしな。

そうか、あれは羊角の一族における、教育の一環なのか。リウとサクヤが喜ぶからやってるんだと思ってた。

いや、まあ、実際そういう思いもあるのだろうが。レイラ、二人の世話をしている時、実は結構顔がとろけてるし。

完全無欠才女レイラが見せるとろけ顔。素晴らしいものがあります。

「戦士を生業(なりわい)とする一族などでは、生まれて数か月後には、狩りに連れていくところもあるようですねー。命のやり取りが日常なのだと理解させるために、戦いの空気や血に慣れさせるそうですー。それこそリューのウォーウルフ族では、男の子なら早めにそうさせるとかー」

……それくらいしないといけないのが、この世界なんだろうな。

野蛮な風習だろう。が、生きるために、それが必要なのだ。

「ふあ……呼んだっすかー？」

その時、隣の部屋で昼寝をしていたリューが、小さくあくびをしながら顔を覗(のぞ)かせる。

「おはようリュー。もう起きたのか。まだ寝ててもいいぞ？」

「いえ、少し眠気があっただけなんで、もう元気いっぱいっす！　それで、何の話をしてたんすか？」

「あぁ、リウとサクヤに……特にサクヤに、どれくらいから戦う術を教えようかと思ってさ」

ここまでの流れを、軽く彼女にも話す。

「ははぁ、なるほど……ご主人の子っすねぇ」

二人と同じ反応をするリューである。

「そうっすね、ウチの一族も、そういうことをしていたっす。勿論最大限安全に配慮してっすけど、生きるために戦いは避けられず、生きることとは少なからず他者の命を奪うことだと、小さい頃に教えるっすね。ウチにも覚えがあるっす」

残酷だが、真理だな。

「なるほどなぁ……ま、いつから剣術とか魔法とかを教えるかはまた考えるとして、この子らも落ち着いてきてるし、とりあえずみんなで旅行に行くか！」

「お、いいの。確かネルも、近い内に休暇が取れると言うておったな。イルーナ達の学校も……まあ、あそこは融通が利くじゃろう」

「旅行っすか！　いいっすねぇ。どこに行くっすか？」

「人間国家だったら、実は前からエルレーン協商連合に行きたいと思ってたから、そこがいいな。魔界だったら魔界王都だ。まだみんなで行ったことないし。リューの一族にリウを見せるべく、獣人族の里へ行くって選択肢もある。ちょっと遠いが」

エルレーン協商連合。飛行船を開発し、大戦にも活用して、一気に名を上げた国。前から一度は行ってみたいと思っていた。

「あー、お気遣いは嬉しいっすけど、ウチの里はもうちょっと後でいいっすよ。父様と母様には顔見せしたっすから。それこそ、里に行くのはリウが物心付いてからで大丈夫っす」

「そっか……それじゃあそうしよう。レフィ、レイラはどう思う？」

「獣人族の里が後で良いのならば、儂は何でも良いぞ」

「すでに『扉』が繋げてあって、その気になれば魔界王都は日帰り旅行が出来るんですよねー？遠出の旅行なら人間の国、近場の旅行なら魔界王都。あとはネルと少女組の予定を確認して、って感じでどうでしょうかー？」

「うむ、そうじゃな、それが良いの」

「ウチもそれで賛成っす！」

「よっしゃ、リウ、サクヤ、旅行行くぞ、旅行！　色んなもの見ような！」

そう声を掛けると、二人は俺を見ながら「えぅう、ばぁう」「うおう、おおう」と返事を返した。

可愛い。

閑話三　エルドガリアによる弟子観察日誌

我が弟子、レイラが里を出てから、すでに数年となる。

魔族の生としては、十年にも満たない年月とは短いものであるが、もう何だか、彼女がここを去ったのが随分と昔のことのように感じられる。

それは恐らく、再会した弟子が、自身の想像の数倍成長していたからであろう。

世界でも頭一つ抜けて先進的な研究が行われていると、客観的な事実として語ることが出来るであろう羊角の一族の里に弟子は飽いて、更なる未知を求めて出て行き——いつの間にか、魔王の使用人となっていた。

いや、今では、妻か。

実際のところ、里から出る羊角の者は少なくない。

幾ら里で研究が進められているとしても、知識の収集が進んでいるとしても、新たな知識を得るためには外に出なければならないからだ。

無論、学問にもよるが、フィールドワークを欠かしては研究とは成り立たないものだ。

新たな魔法を知るには、まず新たな魔法と出会わなければならない。

我が弟子、レイラは特にこれ、といった分野の研究をしていた訳ではない。興味を引くものは全てが研究の対象であり、浅く広く――いや。

深く広く、が我が弟子の研究のやり方だった。

世界の根源を、何か一つでも解き明かしてみたい、という思いが根本には存在していたようだが、それに近付くために手あたり次第知識を求めていた訳だ。

特に興味があるものは魔法であったようだが、好奇心がくすぐられれば関係なく何にでも手を出すような子であり、逆に興味が引かれなければ、淡泊さを見せる面もあった。

日々研究に打ち込み、友人を作ったりすることもほとんどなければ、怠惰に過ごすこともない。

別に社交性が無い訳ではなく、私に対する師への尊敬は感じられたし、血の繋がらない妹のエミューに対する愛情も感じられた。

しかし、レイラの生き方は、少々変わっている我々の生き様の中でもとりわけ極端であったと言えるだろう。

そんな、羊角の一族が持つ、知識への欲求が凝縮されたような我が弟子は、どういう心境の変化があったのか、今では家庭を持った妻である。

しかも実子ではないとは言え、生まれた赤子達をあやしている姿などは、母そのものであった。

私の知らないところで、その知識だけでなく、心身も共に成長していたのだ。

元々、要領の良い弟子だ。

何事もそつなく熟(こな)すことが可能な器用さがあることは知っていたが、あんなに母としてしっかり世話が出来るようになっているとは。

我が弟子のあのような顔を見た時は……不覚にも、涙腺(るいせん)が緩むものがあった。

こういう時に、自らの歳(とし)を感じるものである。

歳を取ると、涙もろくなっていけない。

羊角の一族の中でも、ひと際浮世離れしていた我が弟子の、幸せそうな様子とその家族。

あの魔王の力によって『扉』が設置され、気軽に行き来出来るようになった今、もはや彼らは隣人であると言えよう。

であるならば、今後ともあの子達とは、仲良くしていきたいものである——。

日記にそこまでを書いたエルドガリアは、その時部屋の扉が開かれる音を聞き、ペンを置く。

この家で、エルドガリアの部屋の扉を開く者は、今は自分を除き一人しかいない。

「どうしたんだい、エミュー？」

振り返ると、そこにいるのは眠そうな表情のエミュー。

「ししょぉ～……手紙が届いてましたよ……」

「お、そうかい。ありがとうよ。ふむ……あぁ、仕事の依頼かい」

エルドガリアは、手紙を読み進めていく。

彼女は、羊角の一族の中でもとりわけ有名な導師である。

分析力、解析力、推理力、それらにおいて卓越したものがあると里のみならず外の世界にも広く知られ、故に彼女の力を借りたいという依頼が時折舞い込むのだ。

「ふぅん……？　遺跡調査かい、面白そうだね」

今回の依頼内容は、羊角の一族が主導して発掘作業を進めていた、とある遺跡の探索の手伝い。

遺跡と言っても、迷宮のような場所ではないことはわかっているようなのだが、その道に精通した羊角の一族の者でも見たことのない建築様式で——つまり、完全な未知の文明によって造られた遺跡であるということが現時点で判明しているようだ。

どうやら、遺跡を数百年に亘って保たせるための、魔法的な仕掛けは風化して作動しておらず、あまりにも長過ぎる年月により崩れたようで出土品等も一切見つかっておらず、ただ砂と埃だけの部屋が三つだけ遺跡内部に見つかっているらしい。

しかし、遺跡のサイズからして、内部に存在する部屋が三つというのはあり得ないのだそうだ。

また、発生元の掴めぬ謎の魔力が遺跡内部からは感じられているようで、故に魔法的な何かによって、まだ奥に部屋が隠されているのだろうと考えられており、その解析のため自身に白羽の矢が立ったようだ。

なかなか、面白そうだ。特に、全くの未知であるというのが素晴らしい。

それに心躍らぬ羊角の一族など、存在しない。

「またしばらくの遠出ですか、師匠？」

「そうなるね。どれだけの期間になるかわからないけど、それなりに留守にすることになると思うよ。ま、今は例の飛行船があるから、行き来は今までより楽になって助かるってもんだ」

まだまだ子供であるエミューを一人残すことは、特に問題ない。

弟子一号程ではないが、ずっと手ほどきをしてきたため、この子もまた家事炊事は問題ないレベルにあるのだ。

「……そうですか」

と、少しだけ寂しそうな声音の弟子に、エルドガリアもピンと来る。

――あの家族を見た後だから、かねぇ。

無理もない。

弟子一号もそうであったが、エミューも物心付く頃には両親と死別し、そして自身に引き取られた。

そういう子供は、多くはないが珍しくもない。それだけこの世界で生きることは、過酷なのである。

レイラがいた頃は彼女に甘えることも出来たが、彼女がいなくなった後は「もう子供じゃないです！」と強がってはいたものの、やはり寂しそうにしているところは何度も見ている。

淡泊ではあっても他者と距離の取り方が上手かった弟子一号と違い、この子は人付き合いが得意な方ではない。

最近こそイルーナ達と知り合いになったことで親しい友人が出来たが、それまではロクに誰かと遊んだりすることもなかった。

他の子より、なまじ頭が良いせいで話が合わないようなのだが、イルーナ達は全く別の価値観で生きる子達であったため、考え方から何まで違ってそれが理由で上手く付き合うことが出来たようだ。

やがて日常の中で、レイラがいない寂しさも薄れて行ったのだろうが……今日あの家族の姿を見て、ぶり返してしまったのだろう。

エルドガリアはクスリと笑みを浮かべ、弟子二号に言葉を掛ける。

「そうだ、エミュー。アンタもそろそろ、実地研修に出ても良い頃だ。どうだい、今回の遺跡調査の依頼、アタシに付いて来てみるかい？」

「！　いいんですか？」

「あぁ。他の子ならちょっと早いだろうけど、アンタなら今行っても無駄にならないだろうよ。こういうのは、何事も経験が重要だ」

「や、やったです、行きます行きます！　遺跡行きたいです！」

一気に眠気が覚めたようで、ブンブンと首を縦に振る弟子に、笑ってエルドガリアは言葉を続ける。

「遅くとも今週中には里を出るから、アンタもそのつもりでいな。学校にはアタシが連絡してやるから、出されてる課題等はそれまでにちゃんとやっておくんだよ」

「わかったです！　うおー、こうしてはいられません、さっそくつまんない宿題全部やって、備えなきゃ！」

「いや、流石に今日はもう寝た方が――って、あぁ、行っちゃったかい。あの子も着実に一族に汚染されて……今更か」

子供であっても我が一族。

自分らを見て育っている以上、このように育つのも、まあ、仕方ないのだろう。

明日、きっとフラフラで起きて来るであろう弟子二号の姿を思い、エルドガリアは苦笑を溢し、それから再び執務机へと向き直った。

第四章　みんなで旅行しよう

「旅行だー！」

「りょこー祭り、かいさい！」

「……素晴らしい祭り。毎日開催しても……いや、毎日はダメ。学校も楽しい」

「え〜、シィは……うーん……たしかに、がっこー祭りもたのしい！」

シィの言葉の後に、レイス娘達が「祭りだ！　祭りだ！」と言いたげな様子で踊っている。可愛い。

「あはは、うん、いいね、旅行祭り！　僕も楽しみだよ。再来週なら……うん、長く休んでも大丈夫かも！」

「よし、それじゃあその日程で行こう。イルーナ達も、そのつもりでな。学校の先生方には、こっちで挨拶しておくから」

遠出をするとなると、この世界だと現地に向かうだけでどうしても日数が掛かるからな。

今回も飛行船で向かうことになると思うが、幸いローガルド帝国からエルレーン協商連合へ向かう航路は半日も掛からないと聞いているので、二泊三日くらいでも十分遊べるだろう。帰りのことは、『ダンジョン帰還装置』があるから考えなくていいしな。

飛行船が出来る前なら、こんな日程は無理だ。

……いや、言わば海外旅行な訳だし、それなら前世でも一泊二日とか二泊三日はかなりキツいか。

「わかった！　あ、でも今、おししょーさん達、いないよ？」

「え、そうなのか？」

「うん！　何かの遺跡に、エミューと一緒に解析に向かったって聞いてるよ」

「へぇ……お師匠さんの仕事かね？」

俺の言葉に、レイラが反応する。

「恐らく、そうでしょうねー。私が里にいた頃も、何度か師匠の助力を得たいという依頼が届くことがありましたからー」

「なるほどな……まあわかった、じゃあレイラ、そっちの連絡はお前に任せていいか？　俺はローガルド帝国に行って飛行船の状況とかを確認してくるわ」

「はい、お任せくださいー」

「儂(わし)らは、リウとサクヤが旅先で何が必要になるか、考えるとするかの。最悪、ユキがおればでぃーぴーでどうとでもなるじゃろうが、それに頼り切りになる訳にもいかんしの」

「そうっすね、そうするっすか」

「はい！　僕は、お出かけ用の服を用意してあげたらいいと思います！」

「はい！　泣いたらすぐあやせるように、お気に入りのおもちゃを用意してあげたいです！」

「……ベビーカー。あれは必須(ひっす)。外で見たことないけど、絶対便利だってわかる」

「えーっと、えーっと……はい！　シィは、二人がりょこーいってもあんしんできるよう、こもりうた、覚えます！」

シィの言葉の後に、まずレイが「じゃあ私、ダンス覚える！」と言い、ルイが「だ、ダンス？じゃ、じゃあ私もそれ！」と言い、ローが「幻影魔法で、あやす特訓しないと」と言う。いや、言ってはないが、そういう感情が伝わってくる。

「はは、ま、それじゃあ、それぞれで分担して、旅行準備するか！」

そうして、各々が旅行に向けて準備を始める。

ああでもないこうでもないと荷物の用意を行う女性陣。

今までとは違い、新しくリウとサクヤの分の荷造りがある訳だが、それが本当に楽しいらしく、皆でずっときゃあきゃあと仲良く騒いでいた。

何と言うか、女性陣の楽しみ方って感じだ。俺は完全に任せ切ってしまっているが、あの様子ならむしろ俺は手を出さない方が良いだろう。

本当に色々用意しているようなので、その分荷物は多くなるだろうが、我が家に限ってはどれだけ荷物が多かろうが問題ないからな。

荷造りしたバッグを、そのまま俺のアイテムボックスか、各々が持っている空間魔法が発動可能なポーチに入れるかすれば、完全に手ぶらで旅行が可能だ。楽なもんである。

その間俺はというと、ローガルド帝国を訪れ、エルレーン協商連合に向かう飛行船の予約と、エルレーン協商連合大使館への連絡を行っていた。

とっくに皇帝ではなくなった身だが、「俺達一般人だから関係ないし！」と連絡も無しに向かうのは、流石に良くないだろうからな。

いや、俺としては本当はそうしたいし、気遣う方も気遣われる方も面倒だとは思うのだが、これは最低限の礼儀だろう。

だから、こっちの様子を聞きがてら、ついでに現皇帝にも挨拶しようと思ったのだが、彼はもう目が回って吐き気を催すくらい忙しいらしく、「ユキ様がお呼びならば、恐らくお越しになると思われますが」とか言われたが、軽い言付けだけ残して遠慮しておいた。

どうやら、皇帝として奔走しているようだ。倒れない程度にそのまま頑張ってくれ。

……礼儀を気にする魔王。響きが微妙に小物っぽい。

まあいい、今の俺は、魔王兼保護者兼夫兼父なのだ。魔王を除いた四分の三の部分が、礼儀を気にするのだということにしておこう。

その分、魔王の時は傍若無人となり、世界は阿鼻叫喚し、恐怖に包まれることになるだろう。

フハハハ！

「何じゃユキ、阿呆っぽい顔をして」

「何でもない」

そんなこんなでやって来た、旅行当日。

俺達はローガルド帝国の発着場にて、乗船待ちをしていた。

非常に多い人の出入り。

もはやここは、この国の心臓部と言っても良いのかもしれない。

巨大な全身に血を送り、肉体を十全に働かせるための場所だ。

——ローガルド帝国とエルレーン協商連合は隣接しているため、飛行船で最短距離を行くと、五時間程度で着くことが可能らしい。

それだけ近いせいで、例の戦争が起こる前は国境線とかの問題で結構バチバチやっていて、それが理由で彼の国もまた参戦した訳だが、この二国間での戦争はもはや起こらないだろう。

経済的な損失が、大き過ぎるからだ。

そうなった場合、必ず他国の仲裁——特に魔界王が手を出してくるだろうな。

他種族との交易地点という立ち位置になっているのはローガルド帝国だが、エルレーン協商連合は全ての飛行船の中継点だ。

路線の数は他の国と比べて倍近くあり、それ故に、例えば直線距離ならローガルド帝国の方が近いが、一度エルレーン協商連合に寄ってから向かった方が最終的には早く着く、みたいなことも起こり得る。

役割が違うが、どちらの国の航路ももはや、各国の経済圏に組み込まれているため、勝手なことをされては困る訳だ。

少しずつ、だが確実に、この新体制も固まりつつあるのである。

「おっ、七番艦だ。あれが今回俺達の乗る飛行船だな。――見ろ、リウ、サクヤ。あれが飛行船だぞ！」

ベビーカーに乗せている二人に、飛んでいる飛行船を指差して見せる。

なお、この世界にベビーカーなどというものは存在せず、つまりＤＰ製で、故に大分奇異な目線を送られているが、便利なので気にせず使っていこうと思う。

この世界でも流行（はや）ればいいな、ベビーカー。

ちなみに、そこに乗っている二人だが、リウは耳をピコピコ動かし、周囲を警戒と不安と興味が混じったような様子で観察しており、そしてサクヤは全く気にせず寝ていた。

どうやら今日のサクヤは、お眠らしい。本当に、赤子の段階で性格に差が出ている二人である。

やっぱりリウは、獣人族の血を引いていて感覚が鋭いから、こういう変化を機敏に感じちゃうんだろうな。

「飛行船、また乗れるの、楽しみだねぇ！」

「ひこーせん、たのしいからね！　窓に、かじりついちゃう！」

「……流れる景色を見ているだけで、一日過ごせる」

待合所の窓から、ワクワクを隠せない様子で飛行船を見ている少女組とレイス娘達。

「ウチはちょっと、二人が泣かないか心配っすねぇ。飛行船の中って、独特の空気と臭い、あと振動もあるっすから」

「あー、まあな。お前も前に酔っちゃってたし、特に感覚の鋭いリウが少し心配だな。サクヤは何か……意外と気にせずにいるような気もするが」

「リウは、耳も鼻も良いからのぉ。サクヤは良い意味で、ユキの鈍感さを引き継いでおるとは儂も思う。泣く時は普通に泣くが」

「なんか気に入らなかったら力いっぱい泣くもんな、二人とも。そう言われると、ちょっと不安になってきたわ」

「あ、二人の泣き声対策なら、任せてよ！　僕、遮音結界張れるから、二人が共鳴して、もう爆音で泣きじゃくっても、外に音は一切漏らさないよ！」

「おっ、流石勇者様。頼りになるぜ。よし、その魔法を、『勇者の安眠魔法』と名付けよう！」

「いや遮音結界だって言ったけどね。でもそっちでもいいよ！」

「ネル、お主最近、はっちゃけ過ぎではないか……？　良いことではあるんじゃが」

「まだ足りないねー！　ね、おにーさん！」

「うむ、勇者とは、それ即ち『はっちゃける者』という意味を持つとか持たないとか、伝承があったりなかったりするそうだ」

「あったりなかったりするんですねー」

「はいはい、とりあえずみんな、もう飛行船が発着場に到着するっすから、動く準備するっすよー」

「うーい」

『はーい』

パンパンと手を叩き、みんなを纏めるリューに連れられ、俺達は乗船を開始した。

三十分程度で船の補給等が終わったらしく、飛行船が動き出す。

俺達が案内されたのは、ありがたいことに今回もＶＩＰ御用達ルームだったのだが、前回よりも何だか居住性が良くなっており、非常に快適だ。

飛行船内だと思えない程静かで、振動も感じないのだ。窓の外の景色が変わっていくのを見なければ、ホテルの一室だと言われても信じられるだろう。

まあ、飛行船関係、マジで笑いが止まらないくらい儲かってるだろうしな。こういうところに金を掛けることも出来るのだろう。

バンバン製造されているにもかかわらず、全然需要に供給が追い付いてないって話だし。

「リュー、具合は？」

「大丈夫っす！　というか、今回は大丈夫な気がするっす。いやすごいっすね、この部屋。飛んでるって気がしないっすよ」

「本当にの。いやはや、ヒトの技術とは大したものじゃ。これらが進んでいくと、やがては我が家にあるような、ユキの前世の道具へと繋がっていくのじゃな」

「そうだな。つっても、一面だと多分もう越してるぞ。少なくともここまで飛んでる感じを消せるのは、前世じゃあまだ無い技術だ。――どうだ、リウ、サクヤ。空を飛ぶのは……って、サクヤはまた寝ちゃったか」

「あはは、うん、つい今しがたまで起きてたけど、おにーさん達の会話を聞いてる内に寝ちゃったよ。リウの方は、飛行船が気に入ったみたいだね」

「リウ、見入るのは良いっすけど、女の子なんすから、口は閉じなきゃダメっすよ」

「うふふ、本当に可愛いですねー」

ベビーカーに乗ったまま、食い入るようにして窓から外の様子を眺めているリウ。

耳をピコピコ動かし、小さな尻尾を振り、ぽーっと口を開けて見入っており、リューが苦笑しながら顎を押して開いたままの口を閉じさせている。可愛い。

で、弟のサクヤは、やっぱ今日はお眠な日のようだ。

乗船する時に一回起きて、部屋に来てからも俺達の会話を何となく聞いているような様子を見せていたのだが、いつの間にか眠ってしまったらしい。

「昨日儂らが準備しておる様子を見て、何かするのだろうと察しておったらしく、何だか興奮した様子じゃったからのぉ。そのせいで、今電池切れなのじゃろう」

「あー、わかる！　そういうとき、あるよねぇ。シィも、ピクニックの前とか、ワクワクしてねむれなくなっちゃう！」

「……………ん。前日ワクワクは止められない」

「……それでもちょっと休んだら元気になるシィとエンが、わたしは羨ましいよ。レイとルイとローとか、そもそも寝ないし」

「あー、イルーナ、わかるっすよ、その気持ち。大人組でも、ご主人とレフィが、もー全然寝てなくても元気なままっすから。羨ましいといつも思うっす」

「自分は違うみたいに言ってますけど、リューも大概朝が早い方ですからねー？　ネルも、意外と夜遅くまで作業していても、翌朝ケロッとしていますしー……」

「いや、僕は別に、眠気に強い訳じゃないからね？　軍人だから我慢してるだけで、眠いものは眠いから」

「俺はダンジョンを離れれば普通に睡眠時間長くなるぞ。だから、本当の意味でそういうのに強いのはレフィとリューだけだな」

「リューおねえちゃんも、そっち側だったか……」

「仲間じゃな、リュー」

「え、えぇ？　そうなるっすか……？」

納得いかない様子のリューに、俺達は笑った。

快適な空の旅。
前回は数日も飛行船内部にいたが、今回は数時間だけなので、基本的には室内で大人しくしていた。
外の景色をリウとサクヤに見せるため、開放されているガラス張りの後部甲板に一回だけ二人を抱っこして行ったのだが、リウが怖がって泣いてしまったので、しょうがないと笑って一緒に部屋に戻った。

サクヤは泣かなかったが、景色よりも周囲の他のお客さん方の方に興味を引かれたようで、すごい見てた。家族じゃない人がいっぱいいるのが、何だか物珍しくて楽しかったらしい。

乗船場にはもっと人がいたが、その時は寝てたしな。

サクヤはアレだな、趣味が人間観察なところがあるな。おもちゃとかよりも人の営みに興味を引かれているような印象がある。おもちゃも大好きだが。

昼過ぎに乗ってからすでに数時間経っているため、外の景色は現在闇一色。

前世だったら、眼下にきっと街灯などの光が見えるのだろうが、この世界だと完全に真っ暗だ。

その分、星明りが非常に綺麗に見えるので、この暗さも悪くない。

本当に、満天の星がいつも広がっているのだ。この光景の素晴らしさは、前世のある俺が一番感じられることだろう。

ただ、そんな外の光景にも、変化が訪れる。

ポツポツと地上に、明かりが見え始めたのだ。

それはだんだんと増えて行き、流石に前世程とは言わないが、それでもかなり明るく、星空に負けじと夜の闇を照らしている。

恐らくは、エルレーン協商連合の首都から漏れる明かりだろう。

へぇ……すごい。飛行船を開発したことからもわかっていたが、恐らくあの国は、こういう技術が他国と比べて発展しているのだろう。

「うわぁ！　みんな見て、綺麗だよ」

「お〜……！」

「……良い夜景」

先程までおしゃべりに興じていたが、外の景色が変わり始めたことに気付き、再び窓に張り付く少女組。

レイス娘達もまた、少女組の頭上をふよふよと漂いながら、同じように外の光景に釘付け（くぎづ）けになっている。

少しして、飛行船は高度を下げ始めたようで、眼下の光が近くなっていく。

やがて発着場に降り立ち、地面に着地する軽い振動。

乗組員による下船の案内が始まり、俺達はそれに従って飛行船を降りていき──見覚えのある人物が、そんな俺達に向かって手を振っていた。

「おーい、ユキ殿！」

「！　船長！」

声を掛けてきたのは、軍服に身を包んだ男性。

ゲナウス＝ローレイン大佐。

龍の里へと向かう際、てんとう虫みたいな魔物に飛行船ごと襲われていたところを助けて以来、何かと縁のあるエルレーン協商連合の軍人である。

以前、羊角の一族の里へ旅行へ行く際、彼が船長を務める船に乗せてもらい、そのためウチの家族とも面識があるので、エルレーン協商連合側で気を遣って彼を案内役として寄越してくれたようだ。

「わざわざ出迎えに来てくれたのか」

「フッ、貴殿らが来るとあれば、私が案内せぬ訳には行くまいよ。奥様方、お嬢さん方も、お久しぶりでございます」

彼の一礼を受け、ウチの面々もまた、それぞれ挨拶を返す。

少女組は、元気に。大人組は、大人らしく。

「相変わらず賑やかで良いな、ユキ殿の家族は。それで、貴殿の奥方が妊娠したという話は私のところまで伝わって来ていたのだが……この子らか」

「あぁ、こっちの耳をピコピコさせてるのが、姉のリウ。こっちの興味深そうにアンタを見てるのが、弟のサクヤだ。二人とも、このおじさんは父ちゃんの友達のゲナウスって船長さんだぞー」

「ははは、ゲナウスおじさんだ。よろしくな、君達。……うむ、凄まじく可愛いな！」

「だろ？」

やっぱアンタ、見る目あるぜ。

まるで親戚のおっちゃんのような様子で、ウチの子らにいないいないばあとかをやっていた船長は、ウチの面々に生暖かい目で見られてハッと我に返ったらしく、オホンと一つ咳払いして取り繕う。

「このまま色々と雑談を交わしたいところではあるが、今日はもう遅いし、長旅で疲れているだろう。まずはホテルに案内しよう」

「ありがとう、頼むよ」

そのまま俺達は、彼の案内に従い、エルレーン協商連合への入国を果たしたのだった。

◇　◇　◇

船長に案内され、俺達は発着場から歩いて数分のところにあった、豪華なホテルにチェックインした。

前世でも高級ホテルに分類されるであろう、非常に綺麗な内装と装飾をしており、我が家の面々はなかなかに興奮していた。

ぶっちゃけ、ローガルド帝国の帝城より快適かもしれない。

というのも、こう……一つ一つのアイテムに、何だか前世が感じられるのだ。

とことん利便性が追求され、無駄が省かれ、ちょっとしたところに利用者への配慮が感じられるのである。

手すりの形状だったり、控えているスタッフのサービスだったり、置かれているアメニティグッズだったり。

いや、多分この案内してもらったホテルが、この国でも最上位に来るサービスをしているのだとは思うのだが、何と言うか飛行船の発明から始まり、『エルレーン協商連合』という国の精神が感じられたような気がするのだ。

——この国は、複数の自治都市が他国へ対抗するため、連合を形成したのが成り立ちだと聞いている。

だから、君主制は敷かれておらず合議制で国が運営され、トップも選挙によって決められるのだという。

限りなく前世に近い政治形態だが、よくこの世界でその形で国を運営出来るものだ。

俺は、この世界の大体の国家が君主制なのは、前世よりも時代が古いから、というより、前世よりも危険が多いからだろうと思っている。

たとえば強大な魔物が出現して軍を派遣する、となった時に、そちらの方が意思決定に必要な人数が非常に少なく済むからだ。

まあ、俺は政治に詳しい訳じゃないので、そういうのを補うための制度は当然考えられているのだろうが、そうした国の在り方が理由で、このホテルに何となく前世を感じるのかもしれない。

元々が自治都市の集まりだから、成り立ちからして商売を重視している訳で、その商売による競争がサービスの向上を生み出しているのだろう。

「リウ、サクヤ、どうっすか？　これがホテルっすよー」

「あぅばぁ」

「うぅぅ？」

「あはは、もー、いつでも可愛いなぁ、この子達は。それにしても、綺麗でとっても良いホテルだねぇ。何だか、親切な感じがするよ！」

「居心地が良い感じはありますねー、このホテル。アイテムや家具などの一つ一つに、利用者への気遣いがあるように思いますー」

「そうそう、僕もそう言いたかった！」

「ホントかぁ？」

「ホントだもんねー」

「ほれ、お主ら、ほてるに興奮するのも良いが、流石に夜遅い。ほてる内をじっくり楽しむのは明日にせんと、朝起きられんぞ」

「ん、そうだな、順々に風呂に入って今日は寝るか。ここの浴場は広いみたいだし、イルーナ、シィ、エン、三人で先に入ってくれ。レイ、ルイ、ローは、いつもの調子で部屋から出てっちゃダメだぞ？　他のお客さんもいるからな」

「「はーい！」」

「……はーい」

イルーナ達が揃って返事をし、そしてレイス娘達は、「わかってるよー」と言いたげな様子で俺に不満を表す。

いや、流石に見知らぬ人にいたずらなんかしないってことは俺もわかってるんだが、お前らから目を離すのはちょっと不安なんだよな……。

◇　◇　◇

翌日、朝。

「――昨夜はよく休めたか？」

「あぁ、おかげさまでな。良いホテルだったよ。いや、マジで。ウチのヤツら、みんな興奮してたわ。綺麗で親切で」

ホテルのロビーで、船長とそう話す。

ちなみに、ウチの面々はもういない。

船長から色々と教えてもらって、すでに街の観光に出掛けた。二泊三日の旅行だが、今日と明日でこの首都をじっくり観光する予定だ。あとで俺も合流する。

それとなく警備っぽい人らが付いて行ったのが見えたが、まあ流石にこの国としても、ウチの家族だけで送り出す訳にはいかないのだろう。

レフィとネルがいる以上万が一なんてあり得ないが、それよりはむしろ、ウチの家族に対する変なちょっかいの防止、という方が目的なんだろうな。

「そう言ってもらえると、一安心だな。実際のところ、このホテルは私の給料では泊まれん国内随一の高級ホテルでな。一度は妻を連れて泊まってみたいのだが、二人分の金額となると、軍人の給料ではとても……という感じなのだ」

「ははは、そうなのか。それなら、そちらさんの予定次第ではあるが、俺達の接待役として、今日の夜は奥さん連れて泊まりに来たらどうだ？　俺が『ゲナウス大佐の家族と夜も友好を深めたい』ってわがまま言えば、泊まらせてくれるんじゃないか？」

「それは……いや、うむ、その要望くらいなら確実に通るな。妻も間違いなく喜ぶ。良いのか？」

「あぁ、任せろ。船長には世話になってるからな。──そういう訳で、どうです？」

俺が話を振った先にいるのは、近くのソファに座っていた、一人の老婦人。

彼女は、少し驚いたように目を丸くした後、愛嬌のある笑みを見せる。

「えぇ、わかりました、ローレイン夫妻用の部屋を一部屋取っておきましょう。大佐、この後奥さんにお話ししておきなさい」

「ハッ！　お心遣い、感謝いたします！　……気付いていたのか、ユキ殿」

「いや、アンタ思いっ切り気にしてたじゃん。そりゃ気付くわ」

微妙にソワソワしてたからな。その相手を分析スキルで見れば一発だ。称号に出てたし。

──そう、ソファに座っていたのは、ただの婦人ではない。

この国の、国家元首である。

「確かに、私を見ていましたね。全く、だからこちらを気にしないように、と事前に言いましたのに」

「す、すみません、私はそういうのは、あまり得意ではなく……」

流石に自国のトップが相手だからか、いつもより若干緊張している様子の船長である。

ははっ、アンタ魔界王とかが相手でも毅然としていたのに、自国に来るとそうなるんだな。

それにしても、エルレーン協商連合のトップが女性だというのは聞いていたが……こんな人だったのか。

とりあえず、茶目っ気があるということはわかった。

「フフ、わかっていますよ。あなたは根っからの軍人さんですものね。――初めまして、ベガルダ＝ファレンティアと申します。現在この国を預かっている者です。ユキ魔帝陛下、とお呼びしてもよろしいでしょうか？」

「皇帝はもうやめたんだ、陛下はやめてくれ。あんまり仰々しく呼ばれると、笑ってしまいそうになるから、普通に『ユキ』でいいよ」

「そうですか、それではユキ殿、とお呼びさせていただきましょう。此度は、我が国にお越しいただき、誠にありがとうございます。精一杯おもてなしさせていただきます故、我が国を楽しんでいただけると幸いです」

「あぁ、こちらこそありがとう。前から来てみたかったんだ、この国には。飛行船を生み出したところがどんななのか気になってたし、何よりその内遊びに行くって話を以前に船長としたからな」

「……そう言えば、そんな雑談もしたな」

「これは、ローレイン大佐のお給料を上げなければなりませんねぇ。……ふむ、あなた、今日から『特別外務公務員』になりなさい。あ、軍の階級はそのままで結構です。と言っても、戦争にも参加して十分な功績を挙げておりましたし、近い内に『少将』にはなると思いますが」

「は？　お、お待ちください。申し訳ありません、私はその特別外務公務員というものを、寡聞にして存じ上げないのですが……」

「それはそうでしょう、今作りました。まあ要するに、ユキ殿がいらっしゃったりした際のお相手をあなたに一任する、ということです。ちゃんとお給料も出しますからね」

話が突然過ぎて頬が引き攣っていた船長だが、流石軍人と言うべきか、すぐに言葉を返す。

「か、畏まりました、ご命令であれば」

「良かったな、船長。俺としてもアンタが対応してくれるんなら、やりやすいから万々歳だ」

「……ユキ殿。貴殿と出会った時から、私の世界は一変した気がするよ」

「お、口説き文句なら、なかなかカッコいい言い回しだな」

「怒るぞ」

俺は笑い、そして国家元首の彼女も笑い、それを見て船長はただため息を吐いた。

◇　◇　◇

ユキと一旦別れた後、ホテルを出てエルレーン協商連合の首都——『ルヴァルタ』を歩く、魔王一家の面々。

現在、リウのベビーカーはレイス娘達が人形憑依状態で押しており、サクヤのベビーカーはシィが押している。

最初はレフィとリューがそれぞれ押していたのだが、彼女らがその役をやりたがったのだ。

ベビーカーという見慣れぬシロモノに加えて、それを押している存在が明らかに人間ではないため、道行く人々がギョッとした顔で彼女らの姿を見るが、そういう視線を送られるのは慣れているので、彼女らの方でそれを気にする者はいない。

「いやー、何だか面白い国だね。僕の国とも、ローガルド帝国とも違って。全体的に技術が進んでる気がする」

「うむ、確かに。凄いの、あの街灯とやら。夜になったらこれが全て点くんじゃな」

レフィが見ているのは、道に等間隔に並んでいる、『魔力灯』と呼ばれる街灯。

全ての道路に設置されている訳ではないようだが、大通りなどのしっかり整備されているところには結構な数が置かれており、今は灯っていないものの夜はかなり明るくなるのだろうことがわかる。

他国では、まだ街灯などというものは実用化されていない。室内灯ならば、ユキの前世並の明るさを放つ魔道具もあり、それを置いているところは意外と多いものの、街灯までを用意する余裕のある国は存在していないのだ。

対してエルレーン協商連合は、すでに一般的に普及しているが、これもまた飛行船の研究から派生した技術である。

夜間の飛行船の離着陸を可能とするため、発着場の明かりを保つ研究が行われ、それが街並みにも活かされているのだ。

だから、実はこの街灯は、まだエルレーン協商連合の者にとっても目新しいものだった。

「私の里でも、学術院ならば明かり関係もしっかりやっていますが、外の道路までをこうして整備はしていないですねー。道も綺麗ですしー」

「レイラおねえちゃんの里も、夜綺麗だよね！　学校、いっぱい明かりがあって」

「まおーじょーも、夜きれいだよ！　みんなぜんぜん使ってないけど！」

「あの城はちと広過ぎるからのう。居間として使っているところと、旅館の方は居心地が良いんじゃが」

「……我が家にいると忘れそうになるけど、本来明かりは、希少なもの。だから、羊角の一族の里もこの街もすごい」

「いやホント、エンの言う通りっすよ。ウチの里はこんなの無いっす。明かりはローソクが主流っす。里帰りしたら何だか悲しくなりそうなんで、この明かりの技術も飛行船と一緒に輸出してくれないっすかね……」

遠い目をするリュー。

「……お主、もしかして今回の旅先を選ぶ際、里帰りを嫌がったの、そういう理由か？」

「いや、そりゃ嫌っすよ。ウチ、もう魔王城での生活様式が身に染み付いちゃってるっすから。なるべくド田舎には戻りたくないっす」

「自分の故郷になかなかの言いようじゃのう……」

「まずホテルなんてものが存在していないっすからね、ウチの故郷。誰も来ないから。ネルじゃないっすけど、お風呂なんかも無いっす。あそこで暮らしていた時はそれが当たり前だったから何にも気にならなかったっすけど、今はもう……あそこで暮らすのは無理っすよ」

　正直に話すリューに、大人組は苦笑を溢す。

「まあでも、リューの言いたいことはわかるよ。僕も、今はほぼ毎日帰って来られるようになったけど、寮に寝泊まりしていた日々にはもう戻りたくないかな……みんながいないと寂しいし」

「それは儂もじゃな。この中で、我が家に来る前にしていた生活の酷さを競ったら、恐らく儂が一位になるぞ。何が最悪かって、なまじ肉体が強い故、そんな酷い生活を百年続けていても何ら問題ないというのが最悪じゃ。じゃから、変えようという気にもならん」

「酷い生活習慣なら、お恥ずかしながら私もですねー。研究のためなら、生活習慣なんて概念を投げ捨てていましたからー……」

「レイラは今でも、一人にしておくとそうなりそうなところあるっすもんね。だからレイラは、一人になっちゃダメっす。これからも、ウチらと一緒にいるんすよ？」

「フフ、リューお母さんに言われてしまっては、もうそうするしかありませんねー」

「リューおねえちゃん、本当にお母さんになったよねぇ。頼もしいよ」

「たのもしー！　ね、サクヤ！」

「……ね、リウ」

「あ、勿論おねえちゃんも頼もしいよ！　変わらない我が家の柱だからね、おねえちゃんは」

「あるじとそーへきをなす柱だね！」

「……壁なのか柱なのかわからないけど、同感」

「カカ、うむ、ありがとうの」

「……な、なんか照れ臭いっすね」

街並みを見て歩きながらも、雑談の止まらない彼女ら。

旅先に出て、観光をしていても、結局彼女らは家族との雑談の方が楽しかったりするのだ。

「そ、それよりほら、みんなちゃんと観光するっすよ！　ほら、あそこのお店とか、お土産屋さんみたいっすから、きっと楽しいっす！」

「あはは、リューお母さんが言うならそこ入ろっか。よーし、お土産買うぞー！」

「そうじゃな、そうしようか！」

「面白い魔道具が売ってないですかねー」

と、土産物を売っているらしい近くの店へ、皆で向かった時だった。

街並みを興味深そうに観察していたサクヤが、突然明後日（あさって）の方向に手を伸ばし始める。

「おいよ、おうあぅ」

「ん～？　どうしたの、サクヤ？」

サクヤのベビーカーを押していたシィは、一旦立ち止まり、彼の様子を確認する。

「あぁぶぅ……」

「もしかして、こっちにいきたい～？」

何かを求めるように、一方向へ手を伸ばすサクヤ。

シィはそちらも見るも、しかし何もない。

人通りのない路地裏が広がっているだけである。

不思議に思いながらも、シィはベビーカーを押して軽くそちらの道に入り、辺りを見渡し……だが、やはり何もない。

魔物として生まれているため、人よりも感覚器官の鋭いシィであるが、それでも何も感じ取れないのだ。

「なんにもないよ、サクヤ？」

「あう、うぅう」

「え～？　まだみたいの？　わかった、でも待って。みんなにちゃんと……あれ？」

後ろを振り返ったシィは、そこでようやく、気付いた。

——皆の姿が、その場から無くなっていることに。

右を見ても、左を見てもいない。人通りが多いので、背の低いシィにはちょっと視界が悪いが、それらしい姿は見当たらない。
何か店に入る、という話をしていたので、恐らく軒を連ねているどれかの店に入ったのだと思うが……シィはただ皆に付いて歩いていただけなので、どの店に入ったのかがわからないのだ。

家族の存在が感じ取れなくなった時点で、シィは大通りに戻って皆を探そうと思った。

彼女は好奇心が旺盛で、イルーナとエンと比べて、ちょっと抜けているところがある。

何か失敗しても家族がいるから大丈夫、と思っている節があり、その時楽しければオッケーという刹那的な思考も有し、イルーナやエンより甘えん坊な一面が存在する。

が、線引きはしっかりしているのだ。

何が大切で、何を優先すべきなのか。

元々がダンジョンを防衛する魔物として生み出されているため、エン程頑固でなくとも、譲れないもののために意志を貫く、という精神を彼女もしっかり有しているのだ。

そして、サクヤを連れている今、彼女が優先すべきことは、ただ一つ。

——弟を全力で守ること。ただそれだけだ。

それ以外の全ては、些末事。

だから彼女は、すぐにベビーカーを引いて戻ろうとし——しかし、それを止めたのはサクヤ自身だった。

「あえよ、いおう！」

「……まだ、こっちみたいの？」

「いうぃ、うおお！」

返事なのかそうじゃないのかわからないが、引き返そうとするシィに抵抗するように、両腕を路地裏の奥へと必死に伸ばすサクヤ。

彼が、これだけ何かに執着した様子を見せるのは珍しい。おもちゃに夢中になっている時でも、ここまでの執着を見せたことは今まで一度もなかった。

……本当ならば、戻った方が良いことは間違いない。

ただ、少しシィの中に迷いが生まれる。

サクヤがこんなにも求める以上、そこには何かがあるのかもしれない。

今、見ておかなければならない何かが。

サクヤが特殊な子であることは、シィも知っている。むしろ、魔物の生まれであるため、親であるユキ達よりもそのことを直感的に理解しているかもしれない。

リウは、普通の子だ。可愛い可愛い妹。

サクヤも可愛い可愛い弟であるが……正直、普通ではないのだ。

この子には、自分達には無い何かがある。あの両親にすら無い何かが。

その彼がこうまで求めるのならば、その感覚に従った方が良いのではないだろうか。

「うーん、うーん……ま、いっか！」

あんまり深く考えることをしないシィにしては、少し長めに悩んでいたが……そこで、やっぱり考えることをやめる。

自分達のことは、家族のみんなならば――ユキとレフィならば、必ず見つけてくれる。

ならばもう、合流に関しては彼らの方に任せてしまえばいい。

自分はこのまま、サクヤが求めるものを探しに行くとしよう。

せっかくの旅行なのだ。ならばちょっとくらい、冒険しても良いだろう。

「よし、ぼーけんだね、ぼーけん！　だいじょーぶ、シィおねえちゃんが守ってあげるから、サクヤのいきたいところにいこう！」

「あぅい！」

シィはにぱっとサクヤに笑いかけ、そのままベビーカーを押して二人だけで路地裏の奥へと入って行った。

ホテルを出た後、俺はすぐに家族の下へと向かったのだが……そうして合流した時、彼女らは酷く慌てていた。

「――シィとサクヤが、いなくなった？」

「そ、そう！　ど、どうしよう、お店に入ったら、二人が来てなくて、あれって思って探しに出たら、いなくなってて……！」

「本当にすまぬ、儂が真っ先に気付くべきじゃった！　我が子を任せておきながら、何という間抜けっぷり……っ！」

焦った様子の、ネルとレフィ。

そんな大人達の焦りが伝わってしまったのか、リウが大声で泣き始めてしまい、それをリューとレイラと、そしてレイス娘達があやしている。

話を聞くに、どうやら土産物屋に行こうとしていて、その直前までは一緒にいたそうだ。

だが、皆の意識が店の方に向かい、ちょっと目を離した隙に、二人の姿が見えなくなっていたらしい。

……この辺りは、首都の大通りだ。当然人通りも多いし、馬車などもバンバン通っている。

ケータイがある訳じゃないのだ、大人でも一度逸れると合流は難しいだろう。

だからこそ、迷子になったのがシィだったのは、幸いだったかもしれない。

「……何をやっていたのだ、貴様らは」

「も、申し訳ありません、今すぐに捜索隊を派遣させます！」

俺の隣でキレているのは、船長。キレられているのが、ウチの面々の護衛としてこっそり付いて来ていた、ＳＰの方々である。

船長は、あの国家元首の婦人と共にホテルで一回別れていたのだが、彼の方にも連絡が行き、再び合流したのだ。

まあ実際、護衛対象から目を離し、しかも迷子にしてしまうのは……失態と言えば失態になってしまうかもしれない。なんかちょっと申し訳なくなってくる。

「そうしろ。王都駐留中の軍に通達、すぐに招集して一帯の封鎖を――」

「とりあえず、落ち着け、みんな」

すごい大事になりそうだったので、俺は苦笑しながらそう言って全員を一旦落ち着かせる。

「シィは大丈夫だ、そんなに弱い子じゃない。それに、安否だけはすぐに確認出来る」

「！　そ、そうか、お主には、迷宮の魔物と話せる力があったか！」

「ほう……貴殿の、魔王の力か？」

「まあな。内緒にしといてくれ。――――シィ、聞こえるか？」

俺が発動したのは、ダンジョンの魔物と連絡を取る時に使用する、『遠話』機能。

すると、すぐに声が戻ってくる。

『あっ、あるじ！　はい、こちら、シィです！』

その元気な声音に、とりあえず何かに巻き込まれたのではないのだろうということがわかり、俺はホッと安堵の息を漏らす。

「ちゃんと繋がったか。全く……急にいなくなったって聞いたから、ビックリしたぞ、シィ」

『えへへ、ごめんなさい！』

「どうした、迷子になっちゃったのか？」

『ううん、あのね、なんだかサクヤに、いきたいところができたみたいなの！　それで、もしかすると、それに従ったほうが、いいかもしれないっておもって！』

サクヤが……？

「わかった、とりあえず俺はそっち向かうよ。自分達がどの辺りにいるか、わかるか？」

『せまいろじ！』

狭い路地はきっといっぱいあるなぁ……。

しょうがない、俺が飛んで辺りを一回確認すれば、ダンジョンの機能の一つである『マップ』が埋まる。そうなれば敵味方の識別が可能になる。

俺の方で見つけてあげればいいか。

「わかった、すぐ向かうから、待っててくれ。危ないと思ったらちゃんと逃げるんだぞ？」

『はーい！　またね！』

彼女の元気な声を最後に、『遠話』を切る。

「大丈夫だ、シィとサクヤは無事だ。どうも、サクヤがどこかへ行きたがったみたいだな」

俺の言葉に、全員ホッとした様子を見せる。

「ほら、言ったじゃん、みんな。シィは普段抜けてるところのある子だけど、サクヤを連れている時にまで無茶をする子じゃないんだから。そこまで考え無しじゃないよ。きっと、何か考えがあってのことなんだって」

「……ん。最近のシィは、妹と弟が出来て、姉らしくなった。のほほんとはしてるけど、いざという時はちゃんと頼りになる」

イルーナとエンの言葉の後に、うんうんと言いたげに首を縦に振っているレイス娘達。

大人組とは対照的に、彼女らの方はそんなに心配している様子を見せていなかったが、それだけシィのことを信頼しているのだろう。

実際、シィはあんな可愛い見た目をしているが、ステータスで言えばそこらの人間など相手にならないくらいの能力は持っている。

人を信じやすい純真なところはあるが、サクヤが一緒にいる今、そうそう無茶なことはしないだろうし、いざとなったらダンジョン帰還装置を使って逃げることも出来るだろう。

あの子の内面が、それだけ成長してきていることを、俺は知っている。

というか、シィは子供だし、おっちょこちょいだが、親が一から十まで見ていなければならないくらい幼い訳じゃないのだ。落ち着いて、見つけてあげればいい。

「そ、そうじゃな……すまぬ、ちと取り乱し過ぎたようじゃ。しっかりせんといかんの」

「よし、レフィ、こっちはお前に任せたかんな。時間も時間だし、昼飯でも食っとけ。シィは俺が探してくるから、みんなあんまり深刻に考えないようにな。——船長、軍は招集しなくていいが、代わりに空飛ばせてもらうぜ」

「あ、あぁ、わかった」

そう言って俺は、背中に三対の翼を出現させ、空に飛び上がったのだった。

「サクヤ、こっち～？」
「いおぉ！」
ユキと連絡が付いたため、安心してシィは、サクヤが求める方向へと向かって進む。
遠くなる喧騒。

昼であるにもかかわらず、陽射しのほとんど入らない、薄暗い道。

大通りから一本逸れただけであるにもかかわらず、人の行き来は皆無に等しく、誰ともすれ違わない。

まるで別世界に入り込んだかのような感覚があり、何だかシィもワクワクしてくる。

「んふー、楽しくなってきた！　サクヤ、わかれ道だよ！　どっち～？」

「いあう、えいお！」

「こっちね！　りょーかい！」

全身を使って、片方の道へ行きたがるサクヤ。

シィは冒険心をくすぐられながら、元気良くベビーカーを押して進み――少しして、彼女は違和感の存在に気が付く。

それは、魔力。

何かの領域に足を踏み入れたかのような、異質な魔力の感覚がシィの身体を包み込む。

ダンジョンではない。そのことは、シィの感覚としてわかる。

だがここは……それに等しいような、空間の変質があった。

「！　これ～……なにかのまほーかな？　どう思う、サクヤ？」

「あぶぅ、ああう？」

「やっぱりそう思う～？　まあとにかく、なにかあるのはかくてーだね！　ますますぼーけんってかんじがしてきた！」

これで、自分では感じ取れなかった何かをサクヤが感じ取っていたのが確実となった。

少し迷ったが、変わらずサクヤが先に行きたがっているので、ここまで来た以上は彼に従おうと、そのままシィは奥へと歩き出す。

彼女は、暗闇を恐れない。未知を恐れない。

それはワクワクするものであり、いつでも冒険の香りがするのだ。

――そこからも、サクヤレーダーに従って、先へと進む。

不思議なのは、本当に、人の気配を何も感じないことだ。

路地裏に入り込んだ時から、人の通りが全くないとは思っていたが……今は左右の建物からも、人の気配が一切感じられないのである。

首都、というより、ゴーストタウンとでも言われた方がしっくり来る気配の無さなのだ。

シィは「さっきのは、人除(ひとよ)けの魔法だったのかな……?」なんてことを思いながら辺りをキョロキョロとしていると、その時彼女らの前に、小さなトンネルが現れる。

壁をくり抜いて造られたかのような、無骨なトンネル。奥に出口の小さな光が見えるが、それ以外の明かりは存在しない。

「サクヤ、もしかして~……」

「あう！」

思った通り、トンネルの先へと行きたがるように身体を精一杯に伸ばすサクヤを見て、シィは中へと足を踏み入れた。

――そこには本来、トンネルなど存在していないことを、彼女は最後まで気付けなかった。

カラカラと、ベビーカーの音がトンネル内に反響する。

思っていた以上にそれは長く、流石にシィも「長いなぁ」と思い始めた頃、ようやく向こう側に辿り着く。


トンネルの向こう側は、別世界だった。


静謐。

差し込む陽射しと、風に揺れる緑。

整えられた石造りの道。年月が経っているのか、ところどころひび割れているものの、綺麗に掃除されているのがわかる。

道のすぐ横を小川が流れ、終着点には橋の架かった綺麗な池が存在し、魚が泳いでいる様子が窺える。

四方は何か、建物の壁のようなもので囲われているが、そこまでを木々が埋めているため、よく見えない。

――そこに広がっているのは、秘密の箱庭、とでも言うべき趣の、綺麗で上品な庭園だった。

「うわぁ……！」

思わず、感嘆の声が漏れるシィ。

仮にも、首都のど真ん中。

にもかかわらず、直径で二キロ以上はあろうかという広さがこの場所にはあり、ここに来るのに通ったトンネルまで含めると、いったいどれだけの敷地を有しているのだろうか。

そう、空間的に、こんな場所が存在するのはあり得ないのだ。

しかし、彼女の意識にそんな疑問は浮かび上がらず、ただひたすら美しい庭園に魅入られており
——その時だった。

『ヨモヤ……ココニ、客ガ訪レルトハ』

まるで囁(ささや)くような、風で揺れる木の葉の、擦(こす)れる音のような。

声の質からして、男性だろうか。

「……だあれ？」

少し警戒しながらシィが問い掛けると、何となく面白そうな声音で、言葉が返ってくる。

『フム、名乗ルナラバ……消エ行ク残滓(ザンシ)。滅ビ去ル幻影、ト言ッタトコロカ』

「うーん？　よくわかんないよ～」

首を捻(ひね)るシィに、囁き声は愉快そうに笑う。

『クカカ、ソウダナ。デハ……ムクロ、ト呼ンデクレ』

その時、木々の奥から、まるで滲(にじ)み出(で)るようにして現れる——四足歩行の骸骨。

肉体が完全に腐り落ち、骨だけの身体。故に、何の生物なのかわからない。

ただ、リルを知っているシィは、その歩き方を見て、狼かな？　と何となくで思った。

生前は巨体であったようで、残った骨だけでも、木々と同程度の大きさがある。

おどろおどろしい、子供が見れば泣いてもおかしくないフォルムの獣の骸骨だが、しかし別にスケルトンを恐ろしいものだと認識していないシィとサクヤは、その姿を見ても何も思わない。

シィは珍しい種族だなぁ、と思う程度だし、サクヤはそもそもまだ骸骨がどういうものかを知らないため、興味深そうに観察するだけである。

自分達に害為す者であれば、すぐに逃げなければならないため、シィは警戒していたが……それも、やめる。

リルの機嫌が良い時のように、フリフリと揺れている長い骨の尻尾を見て、「あっ、ご機嫌なんだな」ということがわかったからである。

それに、魔物であるため敵意に敏感であるシィだが、骸骨からは何も感じ取れず、ただ楽しそうな感情が窺えるのだ。

まるで、遊びに来た孫を、祖父母が可愛がるような。

シィは「さっき何だか驚いていたし、人が全然来なくて寂しかったのかな？」なんてことを思いながら、とりあえず勝手に敷地に入ったことを謝る。

「こんにちは、ムクロのおじちゃん！　シィは、シィです！　むだんで入っちゃって、ごめんなさい！」

『良イ。ココハ、モハヤ忘レ去ラレタ地。滅ビ、朽チルノヲ待ツダケノ場所。敵ナラバ排除セネバナラヌガ、オ前達ハ敵デハナカロウ。シテ……懐カシキ者ノ気配ダ。ソノ稚児ハ、弟カ？』

そう問い掛けながら、獣の骸骨は二人から少し離れたところに腰を下ろす。

「うん！　血はつながってないけど！　サクヤっていうの。かわいいでしょ！」

『ウム、ウム……生物ノ幼体トハ可愛イモノダガ、俺ヲ見テ泣カヌトハ。オ前モ、俺ガ恐ロシクナイノカ？』

「わがやには、色んなしゅぞくのかぞくがいるからね！　ムクロのおじちゃんも、めずらしいけど、でもそれだけでシィもサクヤも、こわがったりしないよ！」

『ホウ、ソウカ……少シ、オ前達ノ家族ニ興味ガ湧イテ来タナ。ソノ家族ハ、一緒デハナイノカ？』

「うん、はぐれちゃった！　ごーりゅーしようとおもったけど、とちゅうでサクヤが、なにか感じとってね。それで二人でこっちきた！」

『フム、二重デ結界ヲ張ッテアッタガ、ソレヲ感ジ取ッタカ。大シタモノダ。――ソレト、シィヨ。俺ハ、オジチャントイウ歳(トシ)デハナイゾ。老体ノ段階スラ超エ、モハヤコンナ骨ニナッテイルノダカラナ』

「そうなの？　でもムクロのおじちゃん、きれーなお骨してるし、若いのかとおもってた！」

『クカカ、ソウカ！　綺麗ナ骨カ。悪イ気ハセンナ』

心底愉快げに、獣の骸骨は笑う。

実際彼は、愉快に思っていた。

客観的に見て、腰を抜かされてもおかしくないであろう外面の自分を、「ムクロのおじちゃん」などという可愛らしい呼び方をするスライムらしき少女と、興味深げにこちらを観察しているヒトの幼体のことを。

それは、気の遠くなる程の長き時を過ごしてきた獣の骸骨にとっても、初めてで新鮮な出来事であった。

「……何だ、これ？」

空を飛び、シィを探し始めた俺だったが……そこで、何かおかしなものが『マップ』に映る。

いや、映らない。

まるで、そこだけ別区域になっているかのように、『マップ』が空白のまま埋まらない箇所があるのだ。

目視すれば大丈夫なはずなのだが……こんな経験は初めてだ。

空白地帯は、先程までいた場所のすぐ近く。

味方を示すシィとサクヤの青点も見当たらないので、となると二人は、恐らくこの区域の中にいるのだと思われる。

「……ダンジョンでもあるのか、あそこ？」

あそこが、空間的に別の領域になっているのは間違いないだろう。

目視しても埋まらないということは、つまり一見何の変哲もないように見えて、この空間だけ別次元に存在しているということになる。

レフィは何も言っていなかった。である以上、この異常空間はアイツでも気付けなかったことになる。

となると、船長らこの国の人間達も、気付いていないのだろう。マップ上は空白地帯だが、異常がある辺りも普通に建物が軒を連ねているからな。

……いや、まあレフィも大分、旅行でテンション上がってる様子だったし、普通に見落としてた可能性もぶっちゃけあるのだが。

それに、初めて来た場所だし、何かおかしなものを感じても「そういう場所なのか」と思ってしまった可能性はあるだろう。

「……何はともあれ、入ってみるしかないな」

遠くまで見渡せるよう高空を飛んでいた俺は、低くまで降りて行って『マップ』の映らない区域に入り込み……おん？

何か異質な魔力を感じたと思ったら、次の瞬間には何も無くなっていた。

いや……実際ここには何も無いのだろう。

――これは、入り損ねたか？

感覚でわかる。ここは、違う。

ここは、ただの首都の一角だ。その証拠に、『マップ』の空白地帯が埋まっている。

そして、もう一度高空へ飛ぶと案の定元に戻り、再びそこだけ何も映らなくなった。

「正規の手順じゃないと、侵入出来ないって感じか？　……空間魔法かね」

俺が使う『アイテムボックス』や、ダンジョン内のそれぞれの地点を繋ぐ『扉』。

空間魔法というのは、位相を誤魔化す魔法だ。

ここにあって、ここにはない。

向こうにあって、ここにもある。

魔法によって、空間の座標を繋げ、あるいは連続性を断つのだ。

恐らくシィとサクヤは、この空間の『裏』に入り込んでいる。だが、俺は入り損ねた。さっき俺が入ったのは、『表』だ。

……すぐに見つけられると思ったが、これは、意外と難しいかもしれない。

とにかく、俺一人じゃ無理だ。レフィと……あとレイラにも来てもらった方がいいだろう。

「……全く、何で首都のど真ん中に、こんなものがあんだ？」

「――それでね、おねえちゃんプンプンしちゃって！　あるじは、すぐに逃げたけど、つかまってシバかれてた！　でもでも、とっても仲がいいんだよ！　おこってるようにみえるんだけど、それが二人のコミュニケーションなの！」
『クカカ、ナルホド。愉快ナ夫婦ダナ。サゾ、毎日賑ヤカダロウ』

カタカタと顎を揺らし、笑う骸骨。

基本的に物怖じせず、誰とでもすぐに仲良くなる才能があるシィは、おどろおどろしい見た目の相手でも何にも気にせず楽しく会話が出来るし、獣の骸骨はそもそも他者と会話を交わすのが久しぶりだ。

だから、自分以外に誰かがいて、言葉を交わすことが予想以上に心地良く、しかも小さく可愛いシィが、一生懸命に話してくれるのを聞くのは楽しい。

故に、彼女らの何でもない雑談は、非常に弾んでいた。

「まあね！　リウとサクヤがうまれてからは、もっとにぎやかだけど！　あ、リウっていうのは、シィのいもーとで、サクヤのおねえちゃんだよ！　リウは、サクヤとちがってふつーのおんなのこだから、シィが守ってあげるの！　サクヤも守ってあげるけどね！」

『ソウカ……良キ家族ガイルノダナ、サクヤヨ』

「あうぅ、あばう」

眼球などないが、しかし骨の眼窩から送られる視線を受け、サクヤは機嫌良さそうに何事かを喋る。

「あっ、サクヤ、ムクロのおじちゃんすきになったみたいだね！　このこはねぇ、ヒトの観察がしゅみなの！　ムクロのおじちゃん、みてて楽しかったみたい！」

『クカカ、コノ骨ノ老イボレヲ気ニ入ルカ。俺ニ向カッテソウ言ッタノハ、我ガ主以来ダ』

「？　ムクロのおじちゃんも、あるじがいたの？」

『アァ。元々野生デ生キテイタガ、アル時、我ガ主ト戦ッテ、負ケタノダ。殺サレルト思ッタガ、代ワリニ我ガ主ハ、俺ニ言ッタ。我ト共ニ生キヨ、ト』

「へぇ……！　なんだか、カッコよさそうなヒトだね！」

『ウム。洒落(シャレ)テイテ、冗談好キデ、愛ニ溢(アフ)レ、最高ノ主ダッタ。今デモ、簡単ニ思イ出スコトガ出来ル』

楽しそうに彼は語り……それから、声音を少し真面目なものに変えて呟(つぶや)く。

『……コレハ、オ導キ、ナノダロウナ』

「おみちびき？」

獣の骸骨は、二人に向けていた視線を庭園へと向ける。

『シィヨ。貴様ニハ、ココガ何ニ見エル？』

「きれーな、おにわ！」

『クク、ソウカ。ダガ、前ハモット綺麗(キレイ)ダッタノダ』

「そうなの？」

『アァ。俺ハ、コノ場所ノ番犬デナ。主ノ命ニヨリ、コノ場所ヲ守リ続ケテ来タ。ダガ……見ヨ、ヒビ割レタ石畳ヲ。苔(コケ)ガ生エ、細部ガ欠ケ始メタ彫刻ヲ。草木モ、少シズツ枯レ始メテイル。……俺ガ万全ナラバ、コウハナランノダ』

確かに、庭園には整備の足りていない箇所があった。

一見しただけでは、それは目に入らない。静謐(せいひつ)さのある、美しい庭園だと誰もが言うだろう。

しかし、一つ一つを細部まで見て行けば、深い年月がそこに刻まれているのがわかるのだ。

風化し、朽ちている部分が、確かにあるのだ。

『肉ガ全テ削ゲ落チ、骨ダケノ肉体ト成リ果テテ尚、ココヲ守ロウト思ッテイタ。在リシ日ノ面影ハ、モハヤココニシカ残ッテオラズ、過去ニ取リ残サレタ身ト成リ果テテ尚、執着シ続ケタ』

獣の骸骨は、遠くを見やる。

その視線の先は、いったいどれだけ離れ、遥か彼方にあるのか。

「……ムクロのおじちゃんは、ここがすきなんだね？」

『ソウダ。何ヨリモ……コノ身ヨリモナ』

声音に滲み出る感情。

それは、およそ生物とは言えない身と成り果てても、しがみ付き続ける己の浅ましさに対する自虐か。

自らと共に朽ちていく、庭園に対する哀愁か。

『ダガ、ソレモ――モウ、終ワリニスベキナノダロウ』

そう言って獣の骸骨は、座っていた状態から腰を上げる。

『セッカクダ。タダ眺メテイルダケデハ、面白クナカロウ。付イテ来イ、コノ庭ヲ案内シテヤル』

「！　うん、おねがい！」

「あぅ、ばあう」

シィはサクヤのベビーカーを押し、獣の骸骨に付いて庭園内を歩き出した。

◇　◇　◇

「これは……確かに何かあるの。結界……いや、ユキの言う通り空間魔法か。レイラ、どう思う？」

「……二つ、空間軸が重なっているように感じられますー。『表』と『裏』の二つがありますが、特定の入り方をしなければ、弾かれて表に出されるという感じかとー」

「やっぱりそう思うか」

一度皆のところへ戻った後、俺はレフィとレイラを連れ、『マップ』を取得出来ない区域へと歩いて向かった。

今いるのは、その境目だと思われる地点。

レフィとレイラは、二人とも難しい顔をしながら辺りを見渡し、空間の差異の調査を行っている。

「この中に、二人がおると？」

「あぁ。この区域だけ『マップ』が取得できないんだが、近辺にお前ら以外の味方を示す表示が存在しなかった。そう遠くまで行ったとは考えられないから、となるとシィとサクヤはこの中にいるんだろう」

ウチの家族はともかく、護衛の人らも見失ったというのは、これが原因だったのかもしれない。

神隠し。

……少し、焦りを覚える。

「――シィ、聞こえるか？」

『あるじ！　どしたの～？』

変わらず、元気な声。

彼女らの方に、問題はないようだ。

「俺達、多分近くまで来てるんだが、二人が見つからなくてな。今、どこにいるんだ？」

『ええっとねぇ、お庭！』

庭……？

この中に、そんなものがあるのか？

『いまね、お庭のおさんぽしてるの！　だから、ゆっくりきてくれていいよ！』

「……わかった。とりあえず、無事なんだな？」

『ぜんぜん、だいじょーぶ！』

その会話を最後に、俺はシィとの『遠話』を終える。

「シィは何じゃと？」

「庭で散歩してるって。どうやらこの空間の『裏』には、庭があるらしい」

「ふむ……？　まあ無事なら良いが、しかし何故(なぜ)こんなものがこんな首都のど真ん中にあるんじゃ。これ、恐ろしく精緻(せいち)な魔法じゃぞ？　儂(わし)も、ここまで近付かんかったら感じ取ることが出来んかった」

「さあな……お前ですら気付けないとなると、多分船長らもここにこんなものがあるなんて、知らないだろうよ」

たまたま、位置が重なったのか。

それとも、ここにそれがあるから、ここに都市が出来上がったのか。

「――よし、大体わかりましたー。こうですねー」

そう言って、レイラが何か魔法を発動したかと思いきや、次の瞬間辺りの空気が一変する。

喧騒が遠のく。

静謐。

景色は変わらないのに、まるで全く別の場所へとやって来たかのような、時が止まったかのような感覚。

「うおっ……何したんだ、レイラ」

「ここに『裏』があることはわかりましたからー。『表』の座標から解析を行って、接続しましたー」

何を言っているかわからないが、とりあえずレイラがすごいことだけはわかった。

「……すげぇな、レイラ。レフィ、お前出来るか？」

「いや、無理じゃ。こんな細かな魔法の使い方は、儂が最も不得意とするところ。無理に手を出そうとして、魔力が暴発して周囲を更地にしかねん。すごいの、レイラ」

「フフ、この手の解析は私のお師匠様が得意でして、しっかり教えてもらいましたからー。ただ……これだけでは、二人のところへは辿り着けないようですねー」

そう、空気は変わったが、辺りの風景は変わっていない。

ここが『裏』なのは間違いないが、建物が軒を連ねている様子は変わらず、シィの言っていた庭らしきものも見当たらない。

何より、俺は未だこの空間の『マップ』を取得出来ていないのだ。だから、二人の位置がわからない。

「これだけ手が込んでるんじゃ、そう簡単に見つかるもんでもないじゃろう。恐らくはここに入る手段と同じように、迷路を辿らんとならんのではないか？」

「……いったいどうやって、二人はそんなとこまで入ったんだろうな」

「シィは無理じゃな。しかし、サクヤがおる」

「……ありそうだな」

レフィの言葉に、納得する。

サクヤには、俺達でもわからない力がある。それが作用して、謎の空間に引き寄せられる、なんてこともあるのかもしれない。

精霊王に、波乱万丈に生きるだろうと言われているのだ。これくらいのことはすると、俺達親は思っておかないといけないのかもしれない。

「何にせよ、私はまず、『裏』の情報収集を行いたいですー。闇雲に動いても見つからないでしょうからー」

「わかった、そうしよう。レフィはどうだ？」

「異論はない。今しがたも言うたが、まだ二人の気配を感じられない以上、この『裏』からさらにもう一つ別の領域に入る必要があるのじゃろう。シィが言っていた庭とは、そういうことじゃと思う」

全く、俺達は不思議探検じゃなくて、観光に来たはずだったんだがな……。

『今ノハ、オ前ノ主カ？』

「うん！　で、サクヤのパパ！　シィたちを探してくれてるの」

『ソチラト合流センデ良イノカ？』

「うん！　今は、ムクロのおじちゃんとのおはなしのほうが、だいじだよ！」

『……ソウカ』

のっしのっしと歩く獣の骸骨の隣を、シィはベビーカーを押して歩く。

川のせせらぎ。

木漏れ日がシィ達の進む先を照らし、花の香りが漂っている。

庭園は、シィが思っていた以上に広く造られていた。

四方は建物の壁のようなもので囲まれているが、空間が変質しているためあの壁を越えることは不可能であるらしく、特定の手順を踏まないとこの庭園に入り込むことは不可能であるらしい。

だから、入り方の知らない者が偶然ここまでやって来る可能性は、ほぼ皆無なのだ。

シィは、ここがダンジョンではないと思っていたが、家の草原エリアと似たような特徴があったため、問い掛ける。

「ここって、もしかしてダンジョンなの？」

『イヤ、迷宮トハ違ウ。ダガ、近シイモノデハアル。空間ヲ形成スル魔力的要素ヲ、コチラハ魔法デ維持シナケレバナラナイガ、迷宮ハ何モセズトモ——アー……ツマリ、親戚クライニハ近シイモノダ』

「なるほど！　しんせきさんだね！」

親戚の部分だけ理解したシィである。

獣の骸骨は、一瞬苦笑するような素振りを見せるも、再び楽しそうに庭園の説明へと戻る。

自らの宝物を、自慢するかように。

あくまで厳かな口調ではあるが、彼のフリフリと揺れている骨の尻尾が、感情の全てであった。

シィも、自分の宝物を誰かに話す時は自然と嬉しくなってしまうので、何となく微笑ましく思いながら、ニコニコと彼の説明を聞く。

『——ト、スマンナ。自慢ノヨウナ話バカリデ。アマリ面白クモナカロウ』

「ううん！　ムクロのおじちゃんの、愛がつたわってきて、いいかんじ！」

『ソ、ソウカ……ソンナニ、声ガ弾ンデイタカ？』

「みんなそうだよ！　じぶんのすきなことには！」

無邪気な、心からそう言っているのだろうということがわかるシィの様子に、獣の骸骨は少々気恥ずかしさを覚え、誤魔化すようにオホンと一つ咳払いする。

『最後ニ、見セタイモノガアル』

そうして、彼に連れて行かれ——そこにあったのは、祠だった。

石造りの、庭園と一体化しているような祠で、しかしこれだけは何故か庭園の他のものとは違い、段違いに古くなっているのがわかる。

だが、シィの視界に、祠は映らない。

その時彼女が目を奪われていたのは、祠の中心ある——白い、骨のような材質の何か。

ご神体とでも言うかのように、祠の中心にプカプカと独りでに浮かんでいるそれは、あまりにもボロボロで、一見すると何だかわからないが……柄と鍔らしき形状からして、恐らくは剣だろう。

しかし、刀身は存在しない。根本から完全に折れており、ナイフ代わりにすらならないような有り様である。

わずかにだけ残っている刀身に素手で触れても、恐らく全く怪我しないであろうというボロボロさだ。

そんな、明らかに攻撃力皆無な剣だが……そこから放たれる圧力は、それがただの壊れた剣ではないことを示していた。

物理的にぺしゃんこにされてしまいそうな。

それは、レフィが敵対者に見せる時の敵意よりも、なお強い圧力。

ここまで恐れを一度も見せなかったシィが、初めて怖気付く。

思わず後退りしそうになり、だがそんな彼女を勇気付けたのは、サクヤだった。

「あう、うぅ」

大丈夫だよ、と言うように、サクヤが短い手を伸ばし、ベビーカーの横に立っていたシィの手を掴んだ。

その手の温もりに恐れが静まっていき、シィは獣の骸骨へと問い掛ける。

「おじちゃん……あれは？」

『コノ庭園ノ、核ダ。コレガアルカラ、ココハ存続スルコトガ出来テイルシ、俺モマダ意識ヲ保ツコトガ出来テイルノダ』

そう言って、獣の骸骨は祠へと近付くと、朽ちた剣を慎重に口に咥える。

そして二人の下へと戻ってくると、どういうつもりか、そっとベビーカーに引っ掛けた。

サクヤが怪我しないよう、十分に気を付けながら。

『シィ、サクヤガ大キクナッタラ、コノ剣ヲ渡シテクレ』

「……いいの？　だいじなものなんでしょ？」

『アァ。ダガ、モウ良イノダ。我ガ身ガ朽チ果テル寸前ニ、神代ノ香リヲ持ツ者ガ現レタ。コレガ、俺ノ役目ダッタノダロウ』

「しんだい……？」

『遥カ遠イ、過去サ。過去ノ遺物ノ役目ハ、現代ヲ生キル者ノ手助ケヲシ、命ヲ紡グコト。……クカカ、命ヲ謳エ、カ。懐カシイ』

その言葉の意味を、シィは知らない。

ただ、何となく、良い言葉だと思った。

胸にスッと入ってくる、活力に溢(あふ)れる言葉だと思った。

「いのちをうたえ……なんだか、いいことばだね！」

『ソウサ。我ガ主ノ、ゴ友人ノ言葉デナ。酒ニ酔ウト、口癖ノヨウニ言ッテイタ。我ガ主ハ、辟易(ヘキエキ)シタヨウナ顔ヲシテイタガ、内心デハ、ソノ言葉ヲ気ニ入ッテイタ。トテモナ』

「仲がよかったんだね！」

『アァ。オ前達ノ家族ノヨウニナ』

獣の骸骨は、機嫌の良さそうな声音のまま、言葉を続ける。

『ソノ剣ハ、絶大ナ能力ガアル。ダガ、今ハ眠ッテイル状態ダ。無暗ニ使ッテハナラナイ。大イナルモノハ、時ニ災イヲ招クコトニナル』

「うん……それは、わかるよ。ちゃんと、あるじと……サクヤのパパとママに、そうだんするよ」

獣の骸骨は、満足そうに頷(うなず)く。

『剣ノ銘ハ、ハルデイース。聖句ハ――勇ヲ示セ、我ガ剣ヨ』

「ゆうを、しめせ……」

『ソノ剣ハ、重ク、耐エラレヌ時ニコソ抜ク剣。ソノコトヲ、サクヤニ教エテアゲテクレ』

「うん……わかった」

慈愛の籠った眼差しを二人に向ける獣の骸骨は、真面目な口調を変化させ、少しおどけたように言葉を続ける。

『ソウソウ、シィヨ。実ハ俺ニ肉ガアル時ハ、ムクロ、デハナク、別ノ名ガアッタ。聞イテクレルカ』

「ムクロのおじちゃんの、別のなまえ？　……きかせて」

『ウム——俺ハ始原ノ魔族ガ配下、番犬サーベラス。ダガ、今ハ、タダノムクロ。シィト、サクヤノ友人ノ、ムクロダ』

彼が名乗る、その意味を。

シィは、朧げながらに理解していた。

「……うん。ぜったいぜったい、ずっと覚えとく」

獣の骸骨は——サーベラスは、笑った。

次の瞬間、突如としてシィの視界が揺らぐ。

まるで、目覚めの前の、夢現の時のように。

庭園の風景がぼけていき、静謐と、木々の香りが急速に遠のいて行く。

最後に、二人の耳に言葉だけが残り——。

『シィ、サクヤ。オ前達ト会エテ、良カッタ。アリガトウ』

◇　◇　◇

「──あれ？」

シィは、路地裏に立っていた。サクヤのベビーカーに手を掛けながら。

狭い、人が三人並んだらいっぱいになりそうな道。

緑は無く、静謐は無く、遠くから微（かす）かな喧騒（けんそう）が感じられる、何の変哲もない路地裏。

庭園は、消えていた。

獣の骸骨も、消えていた。

全てが夢であったかのように、一瞬にして何もかもが消え去り、変化していた。

「…………」

しかし、先程までの出来事は、決して夢などではない。

それがわかるのは──サクヤのベビーカーに引っ掛けられている、刀身のない剣。

今も変わらず圧力を放っており、見る者全てを怖気付かせるその圧力の強さが、全て現実だったのだと告げているのだ。

そして……もう一つ。

シィの手首に、いつの間にか見覚えのないアクセサリーが巻かれていた。

恐らく牙（きば）を用いて作られているのであろうそれは、彼女の手首よりも少々大きく、ぶかっとしていたが……彼女のためだけに用意されたものであることは、間違いない。

何故なら、そこには文字が彫られていたからだ。

『家族ト仲良クナ、シィ』

「おじちゃん……」

それを見て、シィは悲しくなる。

彼とせっかく友達になれたと思ったが、多分……もう二度と会えないのだろう。

彼の言葉の一つ一つが蘇(よみがえ)る。

──『消エ行ク残滓(ザンシ)、滅ビ去ル幻影、ト言ッタトコロカ』

──『俺ガ万全ナラバ、コウハナランノダ』

──『我ガ身ガ朽チ果テル寸前ニ、神代ノ香リヲ持ツ者ガ現レタ』

恐らく、本当に、限界だったのだ。

骨となってなおギリギリの、朽ち果てる寸前。

いや、もしかすると、とっくに限界は来ていたのかもしれない。それを、この剣の力で無理やり延命していたのではないだろうか。

その延命だけならば、まだ続けられたのかもしれないが……ただ一人きりで、同じ場所を誰にも知られず守り続ける。

いったい彼は、どれだけの孤独を感じていたことだろう。

家族と一緒にいる時間が大好きで、一人よりも誰かといる方が好きなシィにとって、それは全く想像の出来ないことだ。

そんな壮絶な孤独の中で、ようやく見つけたサクヤという後継者たり得る存在に、内心どれだけの喜びがあったのか。

骨となってもなお守り続けたものを、会ったばかりの子供に託すのだ。彼がどんな思いだったのか、推し量ることなど誰にも出来ない。

……自分達は、彼を満足させてあげることが出来たのだろうか。

彼の心を、少しでも軽くしてあげることは出来たのだろうか。

「……サクヤ。ムクロのおじちゃんとあえて、よかったね」

サクヤもまた、様子が一変したことには気付いているらしい。

あれ、といった様子で、辺りをキョロキョロと見渡している。

先程まで隣にいた、獣の骸骨(がいこつ)がいなくなったことが気になるようで、「あぅ、いいぅ？」と声を漏らしている。

「ムクロのおじちゃんのこと、おっきくなっても、忘れちゃダメだよ？」

「……いうお？」

「そうだよ、ずっと覚えてなきゃ。おじちゃんのことをしってるのは……きっと、シィたちだけなんだから」

「……うぅ、うああぎゃあ、ぎゃううう！」

シィの言葉を理解したのか、大声で泣き出すサクヤ。

「……うぅ、うぐっ、うぅ……」

シィもまた、ジワリと目に涙が浮かび、嗚咽を漏らし始め——その声が、聞こえたのか。

「——シィ！　サクヤ！」

遠くから、彼女らに掛けられる声。

「うぅ……みんなぁ！」

しゃくり上げながらそちらを見ると、道の向こうに現れる、ユキとレフィとレイラの三人。

彼らは慌ててシィ達の下へ駆け寄り、まずレフィがベビーカーからサクヤを抱き上げてあやし始め、ユキとレイラがシィの側へとやって来る。

「ど、どうしたんだ、シィ。どっか怪我したのか⁉」

「ううん、ちがうの。ただ、かなしくて……うぅ、ひぐっ、うあぁぁあ！」

堪らなくなり、サクヤと同じく大声で泣き出すシィ。

涙でぼやける視界に映るのは、何もない路地裏。

人の住む都市の、平凡な路地裏が奥へと続いているだけの光景。

それがシィには、どうしようもなく悲しかったのだ。

見兼ねたユキが、側にしゃがんであやすように頭を撫で始め、その隣でレイラが、安心させるように背中を撫でる。

シィは、ユキの服に縋り付き、そのままわんわんと泣き続けた。

獣の骸骨を、送り出すように——。

◇
◇

シィとサクヤの泣き声で、無事に合流することが出来た後。

二人は一切怪我をしておらず、ホッと安心はしたものの、サクヤはともかくシィまで泣き出してしまったことで、何が起きたのかを聞くことが出来ず。

落ち着いてくれるまで根気強く待ち続け、しばらくしてようやく泣き止（や）んだシィから事情を聴くことが出来たのだが……そのあまりの情報量に、俺達は頭を抱えることになった。

「これ……神剣だな」

「お主の持つものと一緒の、か」

俺は、手に取ったソレ――ボロボロの剣を見て、そう呟（つぶや）く。

この骨の質感、放たれるとんでもない圧力。間違いない。

俺が持っている神槍（しんそう）や神杖（しんじょう）と、同じものである。

まさか、こんな形でお目見えすることになるとは。というか、神剣まで我が家に来るとは。

思い出すのは、俺が持つ神槍の中にいた神、ルィンが見せてくれた、神代においていったい何が起きたのか、という影絵。

神剣を構えていたのは、確か魔族の神だった。愛のために、神々を巻き込んで戦争を起こした原初の魔族の一人。

ここにこれがあったということは、彼の神はこの辺りを根城としていたのだろうか。

そして、シィが身に着けている、牙か爪らしきもので出来ているアクセサリー。

> 番犬の腕輪：所有者に危機が訪れる時、魔力による分身体が出現し、守護する。孤高の獣は主にしか心を許さず、しかし友には心を開いた。

まるで、レフィの牙や爪でアクセサリーを作ったかのような、そんな圧倒的な力を感じる上に、この訳のわからない能力。

ここまでの力を感じさせるアクセサリーだ、その分身体というものの性能も、恐らく半端ないのだろう。

実物のレフィ程の力はなくとも……その三分の一程度の能力でも発揮されるのならば、国宝級どころかロストテクノロジーとでも言うべきシロモノだ。

いや、こちらは良くも悪くもただのアクセサリーであるため、シィに大事にさせて、あんまり見せびらかさないようにさせておけばそれで構わないが……やはり問題は、剣の方である。

神シリーズの武器は、それを持っている、という情報すら表に出すべきではないような、この世界で最も強力な兵器。

世界最強の龍族すら斬れる、という時点で、その危険性が伝わることだろう。

「……その、ムクロのおじちゃんって魔物は、何かこの剣について言ってなかったか？」

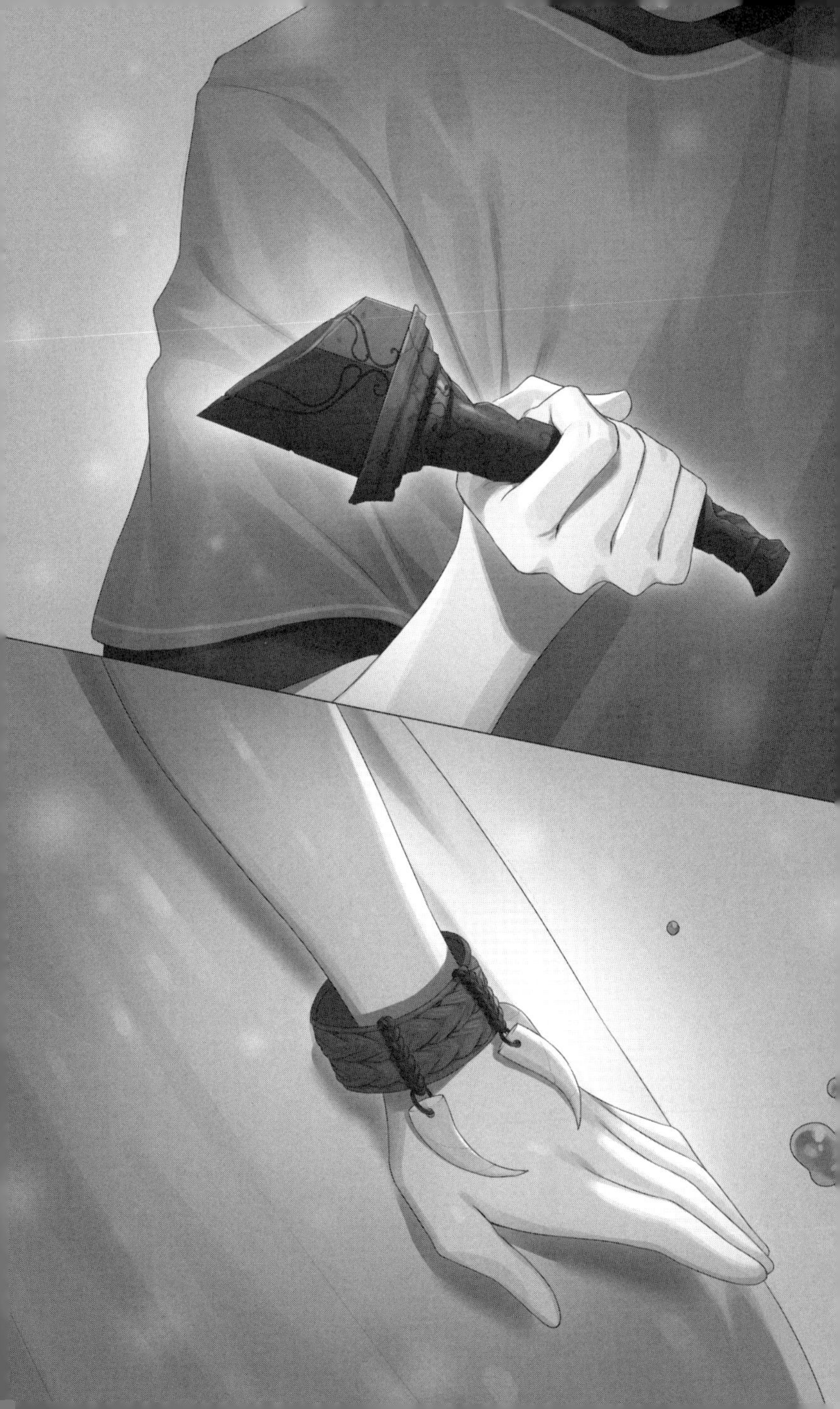

「うん……これは、サクヤにって。おっきくなったら、渡してほしいって。あと、とってもつよいつるぎだから、むやみに使っちゃダメともいってた」

サクヤ用に、か。

「他には？」

「えっとえっと……めいは、『ハルディース』。せいく？　は、勇をしめせ、わがつるぎよ」

せいく……聖句だな。

神シリーズの武器を、第三段階に変化させるための言葉だろう。

それが、『勇を示せ、我が剣よ』。

——うん。

何が何だかよくわからない。それが大人組の正直な意見である。

無事に領域に入って、いざ彼女達を探そうとしたら、再び辺りの空気が一変して元に戻ってしまった。

裏から追い出され、表に戻されたのかと焦った俺達だったが……気が付いたら、いつの間にかシィとサクヤが奥の路地に立っていて、泣いていたのだ。

神剣と、アクセサリーを持って。

彼女の話を聞く限り、路地裏にあったトンネルに入ったら庭園らしき場所に出て、そこで『ムクロ』という獣のスケルトンと会話をして楽しんだ、ということだったが、恐らくムクロはもう生きておらず、裏から表に俺達が戻されたのも、裏の空間の全てが消滅したからだろう、と。

話を聞く限り、その獣のスケルトンは、まず間違いなく神代から生きていた……いや、生きていたという表現は妥当じゃないか。

神代から存在し続けていた個体で、つまりは精霊王のご同輩だろう。それが、ここで神剣を守り続けていたらしい。

いったい、何からツッコめばいいのだろうか。もう、訳がわからな過ぎて、どうにもならん感じである。

……一つ確かなのは、結局シィは、俺達に頼らず自分で全てを解決した、ということか。

ウチの子らに色々と経験させてあげるべく、旅行に行くことを決めて、一発目でこれ。

全く、サクヤの運命力には驚かされるな……。

と、何にも言えずに苦笑しか出来ないでいると、シィが少し、心配そうな、不安そうな顔を見せる。

「あのね、あるじ……シィ、しんぱいなの。ムクロのおじちゃんを、すこしでも楽しませてあげられたかなって」

「……もう、死んじゃったのは、間違いないのか？」

「たぶん……ムクロのおじちゃん、いってたんだ。じぶんは、くちはてるすんぜんだって。このつるぎが、じぶんを生かしてるって」

……神剣が持つとんでもない魔力があれば、生物の一体くらい、延命し続けることは可能なんだろうな。

ただ、それでも神代から生き続けることは簡単ではなく、肉が完全に腐り落ちてスケルトンとなってしまっていたのだろう。

脳味噌が無くなり、心臓が無くなり、完全な骨となってなお、一匹で存在し続ける。

仮に、己が望んだことであったとしても……それは、地獄だろう。

「こんなものをもらっちゃって、シィたちに、とっても良くしてくれて……でも、そのままいなくなっちゃって。そのお返しを、すこしでもしてあげることができたかなって」

「……………」

シィの瞳に、再び涙が溜まっていく。

俺は、何と言うべきか少し考えてから……言った。

「シィ、ムクロのおじちゃんは、最後別れる時。泣いてたか？　それとも、笑ってたか？」

「それは……笑ってた。ありがとうって、いってくれた」

「なら……それが全てじゃないか？　ムクロのおじちゃんがどんな生を歩んで来たかは知らない。どんな思いで、ずっと一匹でいたのかは知らない。もしかしたら辛いと思ってたのかもしれないし、ずっと孤独を感じてたのかもしれない。けど……最後に笑うことが出来たのなら。それは、良い生だった。そう言ってもいいんじゃないか？」

シィは、俺を見上げる。

俺の言葉をじっくりと噛み砕くように、考えるように。

シィも、こういう顔をするようになった。

この子は、あんまり物事を深く考える方じゃない。刹那(せつな)的で、楽観的なところが良いところでもあり、悪いところでもある。

しかし今は、こうして大事なことをしっかりと自分の頭で考えることが出来る。

こんな時だが、本当にこの子らの成長を感じられるな。

俺は彼女に目線を合わせ、言い聞かせるように言葉を続ける。

「大丈夫だ。お前の優しさは、しっかり伝わった。そうじゃなきゃ、こんなものを渡すもんか」

サクヤが気付いてやることで、そのムクロのおじちゃんと出会うことが出来て、そしてシィの優しさによって、最期の時を迎えたのだということは、間違いないだろう。

完全に部外者であった以上、あくまで俺には想像しか出来ないが……現代になるまで守り続けてきたものを、他者に渡す。

そんな簡単であるものか。仮にシィとサクヤが気に入らなかったのならば、そんなことなどしないだろう。

「そうかな……？」

「そうさ。だから、シィはそのおじちゃんのこと、忘れちゃダメだぞ。ずっと、憶(おぼ)えておいてあげるんだ。それが一番の供養だ」

「うん……うん！」

シィは大きく頷(うなず)き、いつもより陰りはあるが、大きな笑顔を見せた。

その笑顔と、お前の優しさがあれば、きっと世界も救えるさ。

「カカ……さ、腹も減ったじゃろう。皆が待っておる、昼飯を食べに行くとしよう」

「シィ、何が食べたいですかー？」

「レイラおねえちゃんのてりょうり！」

「それは俺も」

「それは儂(わし)も」

「……あ、あのー、この国のものでお願いしますー」

ちょっと照れたようにそう言うレイラに俺達は笑い、来た道を戻り始める。

その途中、レフィがあやしたおかげで、ようやく泣き止んだサクヤの顔を俺は覗(のぞ)き込む。

レフィの華奢(きゃしゃ)な腕の中に収まる、小さな小さなやんちゃ坊主。

「全く、お前は……赤子の段階からやんちゃだな。父ちゃん、お前が大きくなった時が心配だぜ？

今日のこと、ちゃんとシィ姉ちゃんに感謝するんだぞ」

「うぅ……あうぅ？」

「そうさ。『ありがとう』と『ごめんなさい』が出来れば、まあまあ人間関係は上手(うま)くいくってもんだ。……これが、子育ての難しさか。ここに、成長したリウのおてんばが加わるとなると、もう父ちゃんてんやわんやになっちまうぞ」

「その時は、母が面倒見ておいてやろう。安心しててんやわんやしておるが良い」

「あ、負担を軽減してくれる訳じゃないんだな」

「母は多くいるが、父は一人だけじゃ。故に、父の仕事が出来るのもお主だけじゃ。儂らを全員娶(めと)

ったのはお主である以上、頑張るんじゃの」

「へいへい、父としてせいぜい頑張りますよ」

そんなことを話しながら、俺はふと思う。

ムクロのおじちゃんなる魔物は、サクヤのことを『神代の香りを持つ者』だと表現したそうだ。

それは、正直、わかる。

サクヤは、俺の魔王の魔力と、レフィの覇龍の魔力が混ざり合い、特異な魔力を有してこの世に生まれた。

サクヤが生まれてすぐ、レフィは我が子を見ながら言った。

あくまで方向性だけだが、サクヤが持つ魔力は、精霊王に似たものがある、と。

それはつまり、神性とでも呼ぶべきもの。

我が子に、神代に続く何かがあることは、これで確定だと考えていいだろう。

まあ、別にそこはどうでもいい。

我が子が何者であろうが、俺達は親としてこの子を愛するだけだが……これは、根拠のないただの妄想だ。

存在する事実は、サクヤが突然どこかへ行きたがった、ということのみ。

シィの話では、サクヤが急に、路地の奥へ行きたがったのが最初。

サクヤの導きに従い、進んだ先で庭園に出た。

ということは、我が息子は何かに気付いて、家族から離れてでもそっちに行きたがった訳だが……もしかするとそれは、ムクロのおじちゃんなる魔物の、主たる神様に呼び寄せられたのではないだろうか。

自らの部下が孤独の生を歩み続けるのを見兼ねて、サクヤに彼のことをどうにかしてほしいと願ったのではないだろうか。

サクヤが突然、路地裏に潜む空間に気付いた、というよりは、何だかそっちの方がしっくり来るような気がするのだ。

まあ、エルレーン協商連合を旅先に選んだのは完全に運なので、どちらにしろ我が息子の運命力は半端ねぇって点は変わらないんだがな。

サクヤが色んなことに巻き込まれるだろうってことの一端を味わった気分だぜ。

俺は苦笑しながら、我が子の頭をそっと撫でる。

レフィ似の綺麗な顔。

プニプニで可愛らしい軟骨のような角。

……ま、いいさ。

今日のはきっと、序の口。これからもこの子には、色んなことが起こるのだろう。

だが、サクヤは男の子だ。である以上、そうして降りかかる苦難は、自分で解決していかなければならない。

家族に頼ってもいいし、家族以外の誰かに寄りかかってもいい。

だがそれでも最後は、自分の両足で毅然と立ち、前へ歩まねばならない。

いったいどれだけの面倒ごとが襲い掛かるのかはわからないが……そんな息子に対して、俺達は親として全力で守るだけだ。

応援してるぜ、サクヤ。

お前が酒を飲める歳になったら、互いの苦労を肴に乾杯しよう。

閑話四　その頃のリル達

ユキ一家がエルレーン協商連合を楽しんでいる頃。

ダンジョンの守りを任されたリルと配下のペット達は今、魔境の森の縄張りから出て、自分達に対し敵対的な魔物が棲息するエリアへと出て来ていた。

と言っても、その目的はパトロールではない。

リルの娘、セツに、狩りの仕方を教えるためである。

ヒト種よりも圧倒的に成長の早いセツは、生まれた時から小型犬程のサイズがあったが、今では一般的な狼と同程度の大きさにまで成長している。

性格はまだまだ甘えん坊で、早い成長を加味しても未だ幼児になり立て、というところであるが、しかしそろそろ狩りを教え始めても問題ないだろう身体の大きさにはなっており、物を教えて理解出来るだけの知能はすでに有しているのだ。

野生では、幼い段階から狩りを教え始める。まあ、ユキや皆に可愛がられているセツは、厳密には野生とは言えないような生活を送っているのだが、とにかくここらで一度、非常に弱い獲物で狩りをやらせてみることにしたのだ。

なお、ポイントは、これがリルの判断ではなく、リル妻の判断である、という点だ。

今も、リルとセツ以外に配下四匹を連れているが、彼らが向かったエリアは魔境の森より外れているので、棲息している生物全匹をリル一匹で相手取れるような強さの魔物しかおらず、明らかに過剰戦力である。

リル妻は、「あのねぇ……」と呆れた顔で夫に対し苦笑しており、それから目を逸らすように住処を出て来たのが現状である。

ユキの親バカが移ったのか。それとも親となると皆そうなってしまうのか。

これだけの戦力となると、大抵の魔物は気配を感じた瞬間に速攻で逃げていくのだが、そこはリル達も野生に生きる身。

ユキなどよりは余程気配を隠すのが上手いので、たとえ巨体のオロチでも、本気になればそうは見つからない。近付かれると流石に無理だが。

「クゥ」

「く、くぅ！」

教えた通りにやれば大丈夫だ。落ち着いてやりなさい、と話すリルに、セツは少し緊張しながらも、気合の入った様子で頷く。

身体を動かすのが大好きで、ボール遊びをよくしているセツである。狩りとは、その延長線上のもの。気合も入ろうというものである。

そして今、狩りの獲物として、彼らが目を付けた魔物。

――『ホーンラビット』。

角の生えたウサギだ。

ユキ達ならば気配を全開にするだけで殺すことが可能な弱い魔物であり、イルーナ達でも魔法で倒せる強さしか持たないが、角があるため攻撃能力が存在する。

非常に弱いが、しかしすばしっこく、油断していると反撃を受けるという意味で、フェンリルの初めての狩りの練習相手としては最適な獲物である。

向こうはまだ、こちらには気付いていない。

リルは勿論、セツも気配を消して草木に隠れる練習はしているため、今のところは見つからないでいることに成功している。

ただ、問題はこの後だ。

一息に飛び出し、バレる前に一撃で仕留める。

セツは、緊張しながらも静かに、ジリジリと懐に飛び込める位置まで距離を詰めていき――何かを感じ取ったかのように、ピク、とホーンラビットが食べていた草から顔を上げる。

気付かれたと判断したセツは、低く倒した体勢から、ビュンと矢のような速度で走り出した。

普通の狼と同程度の身体の大きさである以上、最高速度もそこらの狼と同等、いや、それ以上のものがあるのだ。

敵が迫っていることを察した角ウサギは、逃げるのが間に合わないと悟ると、その自慢の一本角をセツへと向ける。

尖った先が自分に向けられ、一瞬セツは怖がって怯むが――もう、止まることは出来ない。

ええいままよと、そのまま突っ込んだ。

「くぅ――ガウッ‼」

幼いと言えど、フェンリル。龍族には及ばずとも、この世界において頂点を争えるポテンシャルを持った種族。

セツが考えるよりも先に、本能が反応したようで、身体が勝手に動く。

寸前で、一つステップを入れてフェイントを掛け、角ウサギが反応出来ない内に、横合いから噛み付いた。

その牙は、いとも簡単に毛皮を貫き、首の肉を穿つ。

急所を貫かれた角ウサギは、ビクッと身体を跳ねさせ、すぐにぐったりと動かなくなり、目から光が失われた。

「くぅ……！」

狩りが成功したセツは、口に獲物を咥え、血を滴らせたまま、大喜びでリルの下まで戻る。

「クゥ、クゥウ」

リルもまた、初めての狩りを成功させた娘を労うように、血に塗れたその身体を舐める。

周囲をそれとなく警戒していたオロチ、ヤタ、ビャク、セイミの四匹も集まり、セツを褒めまくる。

嬉しくて、みんなに獲物を見せびらかしながらブンブンと尻尾を振りまくっていたセツは、「けどこの獲物、どうしよう？」とリルに問い掛ける。

「くぅ、くぅ？」

「クゥ」

初めてお前が奪った命だ。だからお前が、感謝して食べなさい。

そう言われ、セツは喜んでガツガツと角ウサギの肉を食べ始め……一言、呟く。

「……くぅ」

あんまり美味しくない、と。

その正直な感想に、リルは小さく笑う。

セツがいつも食べているのは、魔境の森に住む、魔力が豊富な獲物の肉である。それか、ユキが持ってきた味付けのされた美味い肉。

故に、魔力も弱く、血抜きもしていない素のままの肉は、もう全然美味しくなかったのだ。

「クゥ、クゥ」

気持ちは正直わかるので、リルはわがままだと怒らず、「味付け用の調味料は用意出来る。それで焼いて食べたら、きっと美味しく食べられる」と言って、娘のために焚き火を起こす。

ユキ達と暮らしてきた影響で、リルは相当に器用になっている。

火起こしなど簡単に出来るし、焼き肉などもユキの手を借りずに出来るし、故に簡単な調理なども行えるようになっているのだ。

セツがペッと置いた角ウサギの肉に、リルはユキから与えられているダンジョンの権限を駆使して調味料を生み出すと、器用に口と前足を使って角ウサギの皮を剥ぎ、味付けを行い、焼き始める。

ユキが許可しているため、ダンジョンにおいてユキの次に強い権限を有しているのが、リルだ。

レフィ達大人組も簡易権限は有しているが、ダンジョンのことは彼女らよりもリルの方が深く理解しており、言わば第二の魔王として、ユキがおらずともダンジョンを回せるだけの力があるのだ。

と言っても、リルは自身の主たるユキに無断でダンジョンを弄（いじ）ったりなどは絶対にしないので、こういう時に何かしらのアイテムをＤＰカタログで生み出すくらいが使い道である。

「クゥ」

「くぅ……くぅ！」

焼けたぞ、というリルの言葉に、セツは恐る恐ると角ウサギの焼き肉に口を付け……口に合ったのか、ガツガツと食べ始める。

もはや完全な野生で自分達は暮らせないだろうな、なんてリルが苦笑している内に、あっという間にセツは食べ終わった。

「くぅ！」

「クゥ」

初めて獲物を狩り、そして美味しく食べることが出来て相当嬉しかったのか、「もっと狩りしたい！」と言うセツに、リルは頷（うなず）く。

娘が有頂天になっていて、このまま次の狩りを行わせると少し危険があることに彼は気付いていたが、しかし注意はしなかった。

今ならば、痛い目を見ても自分達がフォローすることが出来る。怪我（けが）をするかもしれないが、死ぬことはない。

経験しなければ、わからないこともある。いや、むしろそうして痛い思いをした方が、百の知識より勝るというものである。

逆に、次も上手くいったならば、今日は成功体験だけを教えることにする。それはそれで、自信が付いて次に繋がるだろう。

ここ最近は、ダンジョンの管理以外では娘の教育方針のことばっかり考えていたので、抜かりはない。

そうして、配下四匹は再び周辺警戒に戻り、リルとセツの二匹は次の獲物を探しに歩き出し――空から広範囲を警戒していたヤタが「カァーッ！」と鳴き、リル達に警戒を促した。

敵の合図。

少しして、リルもまた気配を感じ取る。

距離はまだ遠い。

今ならばまだ、回避が可能だが……ちょうど良い。

「くぅ？」

「クゥ」

ヤタが鳴いたことにはセツも気付いていたので、「ヤタ、何だって？」と聞かれるも、「父さんの獲物が来た。良い機会だから、手本を見せよう」とだけ言い、娘を連れてその方向へと向かう。

接敵にはそう時間は掛からず、彼らは十分程進んだ先で、その姿を視認した。

ズシン、ズシン、と地響きを起こしながら、草木を掻き分け、現れる。

——サイクロプス。

一つ目の巨人。

ボロボロの腰ミノだけを身に着け、巨木を削りだしたかのような丸太の棍棒を片手に握っている。

ヒト型ではあるが、凶暴で、他者と共存出来るだけの知能が存在しないため、完全に魔物として扱われている種族だ。

ただ、それでも野生に生きる者。

本来ならば、リル達に近付こうなどとは思わないはずだが、今はセツの狩りのために、彼らは完全に気配を消し去っていた。

だから、わからないのだ。実力差が。

「く、くぅ……」

「クゥ」

相手の巨大さと気配の強さに怯む娘に対し、ただ一言「見ていろ」とリルは言い、前に出る。

「ボアアアアッ‼」

威嚇するような吠え声。

巨体から放たれる大音量に、ビリビリと空気が震え、セツは思わず耳を伏せ、尻尾を足の間に隠して後退りしてしまうが、反対にリルは涼しい顔である。

うるさいなぁ、とため息を吐く程度で、そんな怯えない獲物に苛立ったのか、サイクロプスはドタドタと木々をなぎ倒して走りながら雄叫びを上げ、棍棒を振り上げる。

両者の距離は縮まり、次の瞬間、射程に捉えた巨人が棍棒を振り下ろ——さなかった。

いつの間にかリルは、サイクロプスの背後に移動しており、次の瞬間ブシュウッ、と巨人の肉体から血が爆ぜた。

鎧袖一触。

恐らく、サイクロプスは何をされたのかすら理解出来なかっただろう。

気付かぬ間にその巨体を三枚おろしにされ、振り下ろすことさえ出来なかった棍棒が、千切れた腕ごとグルングルンと回って地面に落ち、一つ遅れて死を認識したサイクロプスの肉体が、ズゥン、と崩れ落ちた。

その圧倒的な結果に、目が追い付かなかったセツは一瞬唖然と固まり、だが敵が一撃で沈み、父が無傷で立っているという事実で、何が起こったのかを理解する。

「くぅ！　くぅ！」

大興奮の様子でぴょんぴょん跳ねながら、「お父さんすごい！」と言うセツに、リルは頬を緩ませながら、鳴く。

「クゥ、クゥウ」

フェンリルの武器は、牙と爪。そして、速さだ。

相手よりも速ければ、こちらの攻撃を先に当てることが出来るし、相手の攻撃を避けることも出来る。

一手も二手も、先んじることが出来る。

速いことは、それだけで強いのだ。

だから、いっぱい遊んで、いっぱい身体を動かして、いっぱい食べて、身体を発達させなさい。

少しずつ狩りは教えていくが、お前はまず、大きく成長することからだ。

「くぅ……？」

少し不安げに、「わたしも、お父さんみたいになれるかな……？」と見上げてくる娘を、リルは励ますようにペロペロと舐めてやりながら、言葉を返す。

「クゥ」

大丈夫だ。お前は、父さんと母さんの娘だ。必ず強くなれる。

そして、お前の姉弟（きょうだい）をしっかり守ってやりなさい。

お前のことは、父さん達が、必ず守ってやるから。

セツは、父を見る。

大きく、優しく、強い父。

彼女はしばらく押し黙って父を見た後、「……くぅ！」と元気良く鳴いて、頷く。

――セツの中に、確かな目標が生まれたのは、今日この日であった。

第五章　観光再開！

なんやかんやよくわからないことがあったし、考えたいことも色々あったが……とりあえず無事にシィとサクヤを見つけることが出来た俺達は、残ってくれていた皆と合流する。

我が家の面々は近くのレストランの一つに入っていて、ただやっぱりこちらが気になっていたらしく料理を頼んでいなかったので、そのまま皆で昼食を食べることにした。

なお、二人が無事で一番安堵した様子を見せていたのは、船長達エルレーン協商連合の面々だった。ウチのシィと……いや、ウチのサクヤがすいません。

家族団らんを邪魔しちゃ悪いだろうと、船長は気を利かせてくれて再び去って行き――護衛はやっぱりそれとなく俺達を守る配置に戻ったが――、なので今は家族だけである。

「何はともあれ、二人が無事で良かったよ！」

シィとサクヤの姿を見て、ネルがそう溢す。

「みんな、しんぱいかけてごめんね！　ちょっとぼーけんしてきちゃった！」

思いっ切り泣いたことで、ようやく感情の整理が付いた様子のシィは、流石にお腹が空いたらしく、運ばれてきたポテトをポリポリと食べながらそう謝る。

もう昼を過ぎてちょっと経ってるからな。いつもならとっくに食べ終わってる時間帯だ。

「冒険したくなっちゃったなら……しょうがないね！」

「……ん。でも心配した。次からは一緒に冒険に連れて行くこと」

「ごめんごめん、このうめあわせはー……せいしんてきにするよ！」

「あ、精神的になんだ」

少女組のやり取りを聞いて、ネルは俺を見る。

「……何だ？」

「今の言い回し、どっかの誰かからよく聞くなあって思って」

心当たりのある俺は、誤魔化すようにオホンと一つ咳払いし、気を取り直して皆に言う。

「さ、それより、ようやく全員揃ったことだし、飯食ったらしっかり観光するぞ、観光！　ちゃんと船長から名所は聞いてきたからな！　まずは、エネルギーを補給すべく、このステーキの討伐を行おうじゃないか」

「異議なし！　わたしは、ステーキ相手に一歩も引かずに戦うことをここに誓うよ！」

「……同じく。この山盛りのステーキは、実に戦い甲斐がある。数多の戦闘を熟してきた刀として、血が騒ぐ」

運ばれてきた、大皿に載った山盛りステーキを見て、わかりやすくテンションが上がるイルーナとエン。

このレストランも、船長がオススメしてくれていたところなのだが、それは家族で食べられるよう配慮をしてくれる店だからだ。

ウチの家族は普通に鍋とか一緒に食べるし、おかずとかも、まず大皿で出して、それを各々が取って食べるが、そういう大皿をみんなで突いて食べる、という文化は外ではあまり見られない。前世でも、アジア圏以外でそういう食べ方をする国は少なかったしな。

だからこうして大皿で料理を出してくれるところは、実は珍しいのである。

しかも、どう見てもここ、店の面構えからして高級レストランだ。大衆食堂とかならまだわかるが、そうでないのにこうやって料理を出してくれるところなんて、どれだけあることだろう。スタッフの対応も良いしな。

店に入った時、そこが一流かどうかを見分ける方法を教えてやろう。

それは、シィかレイス娘達を見て、店員が驚かないでいられる店だ！

「シィはねー、きょうはお肉より、お野菜のほうがいい！　このお野菜、まりょくたっぷりだよ！　これ、たぶんレイ、ルイ、ローもたべられるとおもう！」

「うむ、偉いの、シィ。イルーナ、エン、二人もしかと野菜を食うんじゃぞ」

「えー、そういうお姉ちゃんも、あんまりお野菜食べない……と言おうと思ったけど、最近はちゃんと食べるんだよねぇ」

「カカ、儂も人の親じゃからな。儂が食わんとリウとサクヤが食わなくなりそうじゃからの。儂自身としては、未だにわざわざ草を食べる必要性は感じないが」

「草言うのやめなさい。お前は超生物だから食生活が偏っても問題ないだけだ。俺達みたいな一般人はバランス良く食べなきゃダメなの」

「ご主人を一般人の枠に入れるのはどうかと思うっすけど、まあ同感っす。お野菜食べないと、お肌が荒れちゃうっすよ」

「シィはあれるおはだないけど、お野菜すきー！」

ウチの少女組だが、シィは意外と野菜が好きで、エンは別に好きでも嫌いでもないといった感じだ。ポテトサラダとか、ごぼうのきんぴらとかは好物で、レイラに作ってとよくねだるがな。

イルーナも物によりけりではあるが、まず子供が嫌いな筆頭であるトマトとピーマンを漏れなく嫌いなので、野菜全般に良いイメージが無い。

最近は少しずつ食べるようになったが、別に克服した訳じゃなく、我慢しているだけである。その精神はとても偉い。

レタスとかキャベツ、ブロッコリーなんかは食べられるんだが……何が違うんだろうなぁ。わからん。

なお、今まで野菜を食べない筆頭は、レフィだった。俺達と違って、マジで菓子ばっか食ってても肌が荒れるなんざ一切ないし、体調を崩すなんてこともない。超生物なので、そもそも魔力さえあれば食事はそんなせずに済む。

多分、三食ケーキ生活を百年とか続けても、何にも問題は起こらないのだろう。その前に飽きるだろうが。

改めて思うのだが、この世界の頂点付近に君臨する生物は、どいつもこいつも色んな意味で規格外である。というか、魔力って力が、万能なんだろうな。

レフィと過ごすようになって数年経つが、コイツが体調を崩したところをまだ一回も――いや、妊娠してた頃はそういう日もあったが、風邪を引いたことは一度もない。

妊娠してからは菓子を控え始め、三食バランス良く食べるようになり、で、サクヤを産んだ後も、子供が野菜嫌いにならないよう今からしっかり食べているのだ。偉い。

「むむむ、そうだね、もう小さな子供じゃないんだし、しっかり野菜も食べなきゃ……リウとサクヤの好き嫌いを減らすためには、わたし達の好き嫌いが少ない方がいいもんね！」

「……む、確かに。エン達が美味しくないって言ってたら、多分二人も美味しくないって思っちゃう。まあ、我が家で出る料理で、美味しくないものの方が少ないけど」

「たべることはしあわせー！」

「偉いですよー、三人とも。ただ、本当に嫌いなものなら、無理して食べる必要は無いですからねー。どうしても受け付けない料理というのは、存在しますからー」

「あー、わかる。俺は、やっぱ虫食が無理だわ。前に一回、ローガルド帝国で活動してた時に出て来たことがあってよ。あの時は辛かったわ」

好き嫌いする魔帝とか威厳なさ過ぎなので、あの時は感情を無にして食ったがな。

味は、なんかすっぱい肉みたいな感じで、食えなくはないといった感じだったが、ビジュアルが無理過ぎた。

高級食材って、意外とグロテスクなの多いからな……。

「え、でもご主人、エビ食べるじゃないっすか、エビ。タコとかイカとかも。てっきりゲテモノ好きなんだと思ってたっすけど」

「いやそれらはゲテモノじゃ……あー、そうか、それを食べる文化がなけりゃゲテモノに含まれるか。まあつまり、昔から日常的にそれに触れていないと、食べ物だと思えないってことだ。ということは、大人が食わんものは子供も食わんってことだ」

「文化だね、文化。森の恵みが食事の中心のエルフなんかは、きっとお肉いっぱいのこのテーブルを見て、『え、無理……』とかって思うだろうし。異文化交流の難しいところだよ」

「ということはだ、同じ種族がほぼ皆無な我が家で、それぞれが美味しいと思える食事の献立を毎日考えてくれるレイラには心から感謝しないとな。いつもありがとう、レイラ。愛してるぜ！」

「……も、もうー」

「おっ、いいっすよ、ご主人！　レイラの珍しい赤ら顔っす！　これは写真に収め、家宝として代々祭るべきっすね！」

「食を牛耳るということは、つまり命を牛耳るということ……やっぱり我が家のボスは、レイラなんだね！」

「リュー、ネル、帰ったらあなた達のご飯、三食昆布にしますからねー」

「あっ、じょ、冗談っすよぉ、レイラ！　すごい可愛い顔してたから、思わず本音が出ちゃっただけっす！」

「ごめんごめん、うそうそ！　僕も愛してるよ、レイラ！」

「ん、リューは昆布確定ですねー」

「何故(なぜ)に⁉」

俺達は、笑いながら少し遅めの昼食を楽しんだ。

昼食を皆でしっかりと食べた後、俺達は観光へと戻る。

まずは、シィ達とはぐれてしまったので、まともに見られなかった土産物屋。

買ったら荷物になるので、そういうのは最後にするのが定石かもしれないが、ウチの家族に限っては荷物関連は問題にならないからな。

それぞれの予算内で買いたいものを買い、俺はウチで留守番してくれているペット達と、リル一家のための肉を大量に買っておいた。なんか良さげな味付け肉があったのだ。

セツがいるし、リル一家へのお土産はおもちゃとかの方が良いかとも思ったのだが、セツはボールがあれば基本的にはご機嫌なので、結局肉を買ってあげるのが一番喜ぶだろうという判断だ。

育ち盛りで、毎日すんごい食べるからな、セツ。それに準じて、身体(からだ)もどんどん大きくなってきている。

フェンリルの成体と比べたらまだまだ赤ちゃんレベルの大きさ、といったところであるが、実はもう結構大きい。多分、家に帰ったらまた大きくなっているんじゃないだろうか。

業者か、と思われそうなくらい買ったが、売り上げには貢献しているはずなので、許してもらうとしよう。

そうしてショッピングを楽しんだ後は、次の場所へと移動する。

目的地は一区画歩いた先にある――大聖堂。

「うわぁ、すごい！」

「おっきい！」

「……ステンドグラスが素晴らしい」

歓声をあげる少女組。レイス娘達もまた、ご機嫌な様子で万歳している。

「すごい規模の大聖堂だね……僕のところより大きいかも」

「お前んところ、結構実用性重視って感じで造られてるもんな。こっちはもっと……商業的な観点から造ってる気がするわ」

この大聖堂、外観からして金を掛けているのがよくわかる様子で、豪奢なステンドグラスが至るところに嵌められている。

尖塔が多く、飾りが多く、立派な大鐘楼も見える。

明らかに他者に見せることを意識した造りで、前世だと……ノートルダム大聖堂。あの建物に近いような規模と形状だ。

もう、建物の威容だけで信者を集められそうな感じである。実際、そういう狙いもあるんじゃなかろうか。

対してネルんところは、俺も訪れたことがあるが、ぶっちゃけ結構無骨な造りだからな。

教会とか言いながら、普通に『聖騎士団』なんて軍隊持ってるし、『勇者』も抱えてるし、そういう武辺的な空気があそこにはある。

信奉する神様は同じで、人間の間で広く信仰されている女神様らしいのだが……国が変われば、事情も変わる、ということだろう。

この区画、観光名所として人を集めるためか、この大聖堂のすぐ横に美術館が併設されており、さらに街の歴史を紹介する博物館まであるようだ。飲食店の数も多い。

俺としてはシィの件があるので、この国の歴史が見られるであろう博物館に直行したいところだが……まあ、順番に見ていくとしよう。

観光名所で、しかも世界で一番飛行船の路線が多い国なので、俺達以外にも多くの観光客が訪れており、千差万別な種族が見られる。

人間以外で一番多いのは、恐らくドワーフ。次点で魔族か。

ドワーフが一番多いってのは、納得だな。彼らも、種族全体で職人気質(かたぎ)だから、この国の技術が気になるのだろう。

「お前ら、中に入ったらなるべく静かにするんだぞ。興奮しても大声出しちゃダメだからな」

「わかってるよー。わたし達だって、静かにすべきところは、理解してるって！」

「……ん。そんなうるさくはしない」

「うっ……シィはちょっと、ふあんかも。コーフンしちゃって、おもわず声、でちゃうかも」

「……その時はエン達が口を押さえてあげる」

「おー、それならへーきだね！　よろしく！」

「いや、それ、平気かな……？」

苦笑を溢すイルーナである。

そうして俺達は、人の流れに従って動き、大聖堂の中へと入る。

内装もまた、外装に負けず劣らず豪奢で、広く綺麗だった。

大理石の磨かれた床。教会によくあるような長椅子は少ないのだが、恐らくこれは内部を自由に歩き回れるように配慮されているのだろう。

天井は半分以上が絵画で埋められており、それをステンドグラスから入り込む光と、ドデカいシャンデリアが彩っている。左右には天井近くの高さまで通路があり、三階建てになっているようだ。

広間の一番奥には、この世界の神々を模ったらしい像があり、その傍らにはドデカいパイプオルガンが設置され、ひと際目を引いている。

すごい立派なオルガンだ。壁一面使い、天井まで届くような規模である。この大きさは俺も初めて見た。

そして今、大規模な演奏ではないのだが、そのオルガンと弦楽器の奏者数人で軽快な音楽を奏でている。ＢＧＭ代わりなのだろう。

リウとサクヤにも見せてあげたかったのだが、実は二人とも、昼を過ぎた辺りですとんと眠りに落ちてしまった。

サクヤだけでなく、リウもさっき力いっぱい泣いていたし、体力的にキツくなってもしょうがない。

　だからという訳ではないのだが、元気いっぱいで色々見て回りたそうにしているイルーナ達とは、ここで一旦別行動を取ることにした。

　誰か一人大人を一緒に……というのも考えたが、まあ問題ないだろう。護衛の人らもいるしな。

　シィのことがあった直後だし、きっと神経を張って周囲を見張ってくれることだろう。

「それじゃあ、俺達はこの辺りでゆっくりしながら見てるから。一時間くらいで次に行く感覚でいてくれ。何かあったらすぐに戻ってくるんだぞ」

「うん、また後でね」

「ぼーけんまつり！　たのしみ！」

「……ん。探索し甲斐がある」

　元気良く去って行くイルーナ達の後ろ姿を、レフィは眺める。

　並んで歩く三人と、その上をふよふよと飛んで付いて行く三人。

　昔から変わらぬ仲の良さで、しかし昔と変わった点も数多く存在する。

「？　どうした、レフィ？」

「いや……やっぱりあの子らも、大きくなったと思うてのう」

不思議そうに問い掛けてくるユキに、そう答える。

昔と変わった、特に大きな点。

それは、こうして旅行先でもイルーナ達と別行動が出来るようになったところだろう。

少し前ならば、そんな真似はさせなかった。

危険だから、という理由は勿論のこと、単純に目が離せないところがあったからだ。

皆、元々歳の割にしっかりしている面はあったが、それでも子供は子供。その面倒を見ることは、保護者の責務。

以前までは、イルーナ達自身が大人組と一緒に行動したがったというのもある。

だが、今は、こうして彼女らだけで行動をさせるようになった。それで大丈夫だと、自分自身も思っている。

つい先程、シィが迷子になったりなどもあったので、全く心配がない訳ではないが……彼女らが固まっている間は、大体のことは自分達で解決出来るだろう。

そもそもシィも、結局自分で解決し、サクヤと共に無事に戻ってきた。あんなにおっちょこちょいで、あまり深く考えることをしないシィですら、自分で考え、行動し、戻ってきた。

いったいいつの間に、彼女らはこれだけ成長したのだろうか。

学校に行き始めてからどんどん精神が成熟してきているのは感じていたが……考えてみると、それ以前からもう、変化は始まっていたように思う。

それを最初に感じたのは、やはり自分達の妊娠がわかった頃だろうか？

いずれにしろ、早いものである。

十年くらいなら、つい最近といった感覚なのが龍族。それより少ない年月など、ヒトで言えば一週間や一か月。そんなものと変わらない。

レフィも、ユキ達と暮らすようになったことで、時間感覚が龍族のものではない、ヒトの彼らに近しいものには変化してきている。

騒がしく、慌ただしい日々。

凝縮されていて、一日一日が濃密なため、ユキと出会う前の千年と、出会った後の数年が同じ長さに感じられるくらいである。

だが、そんな時間軸の中でも、彼女らはあっという間に成長してしまったような気がするのだ。

いや……子供を育てる、というのは、そういうことなのかもしれない。この感覚は、恐らく親ならば皆感じるものなのだろう。

時間の流れとは主観によって変化する、相対的なもの、と言ったのは……ユキだったか。

子供達は、大人の知らないところで身も心も成長させ、やがて大人へと至っていく。

きっとリウとサクヤも、あっという間に育ってしまうのだろう。

だから、今のこの時間は、刻まれる一秒一秒は、とても大事にしなければならないものなのだ。

今日と同じ日は、二度と訪れることがないのだから。

自分は、そのことに気付かず千年を生きた。だが、今になってそのことを知ることが出来た。

それは……この上なく幸運なことなのだと思う。

ユキもまた、こちらの言いたいことを理解したのか、小さく笑みを浮かべながら言葉を返してくる。

「成長したよなぁ、あの子ら。毎日一緒にいるからわかり難いけど、この一年だけ見ても、相当に変わったと思う。ただ、俺はイルーナ達に負けず劣らず、お前らも変化したと思うぜ？」

「そうかの？」

ユキは最近、妻達に「母らしくなった」と言う。

自分自身、心境の変化は大きい。日々の中で、まず最初に気にするのはリウとサクヤのことだし、自分のことをしている時でも、常に意識の片隅に二人のことがある。

自分の中心に、二人があるのだ。そしてその生活を、悪くないと思っている。

ただ、それで母としてしっかりやれているかと言われると、まだ自信が持てない。

母となって数か月。自分でやれることを一つずつやっているが、まだまだ試行錯誤中、というのが正直な思いだ。

「間違いない、ずっと一緒にいる俺が言うんだ。一番変わってないのは……俺だろうな。全く、お前らを見てると焦るぜ」

ユキは……どうだろう。

昔と変わった面はあると思うが、変わらない面の方が多いとは思う。

出会った頃から面倒見は良かったし、イルーナ達の親代わりとして、保護者らしくしなければという思いを持っていたことは知っている。

一家の大黒柱として、皆を支えなければと、ずっと頑張っているのは知っている。

だから、そういう面では父親になった今もあまり変化がないように感じられるのだ。

阿呆なところも変わらず、ふざけるのが好きなのも変わらず、子供っぽい面があるところも変わらない。

何より、一本通った芯は折れず、曲がらず。

ずっと同じ、変わらぬ信念の強さを持ち続けている。

「ま……お主はしかとやっておるよ。夫として、父として」

「そうか?」

「うむ、お主をずっと見ておる妻が言うんじゃ。間違いない。お主に対する不満は……それはもういっぱいあるがの。しっかりやっておる部分もあるから、許してやろう」

「あ、不満はあるんだ」

「当然じゃ、当然。精進することじゃの」

なんて二人で話していると、会話を聞いていたネルが笑って口を開く。

「安心して、おにーさん！　レフィはこう言ってるけど、おにーさんにもうぞっこんラブだから！　レフィは、典型的なツンデレさんだからね！」

「ばっ、ち、違うわ、阿呆！」

「レフィのツンデレは、母親になっても変わらないっすねぇ。良いことっす！」

「フフ、レフィがツンツンしているところを見ると、平和を実感しますねー」

「よしお主ら、喧嘩(けんか)を売っておるのじゃな。覇龍を敵に回したこと、覚悟せいよ」

「なんか、お前が覇龍どうのって言うの、久しぶりな気がするな」

「最近言わなくなったっすよね、レフィ。多分それより先に母親っていう立場の方が来るようになったんじゃないっすか?」

「うん、僕もそう思う」

「私もそう思いますねー」

「……お主ら、本当に動じなくなったのぉ」

ハァ、とため息を漏らすレフィを見て、彼女の家族は、楽しげに笑った。

大人組と別れたイルーナ達は、張り切って大聖堂内部の探検を始める。

見慣れぬ場所。複雑で綺麗で、冒険心をくすぐる建物。

まず、「ねぇねぇ、あのパイプオルガン? っていうの、しっかりきいてみたい!」というシィの意見で、カルテットの音楽を聴く。

見たことない種族の子供達に、一瞬奏者達は驚いた様子を見せるが、彼らもプロ。

滞りなく演奏を続け、むしろ子供が好むような軽快な弾き方で、イルーナ達を楽しませる。

二曲程を聴き終わり、満足して拍手した後は、本格的な大聖堂探索に移り、まず傍らの大きな階段を登って上の階へ行く。

　この大聖堂は、全部で五階建てだ。

　中央の大広間の部分は三階建てだが、左右に二本存在する塔の最上階が五階となっているのだ。

　周囲に同じだけの高さの建物は存在しないため、最上階まで登ると非常に見晴らしが良く、人気なスポットの一つである。

「あはは、このかいだん、おっきいねぇ！」

「レイスの子達なら、ピューって飛んでけるから、ちょっと羨ましいかも」

「……これくらいなら軽い軽い。イルーナも、鍛えれば大丈夫」

「言っておくけど、わたし同年代なら体力ある方だからね？　みんながおかしいんだからね？　学校に行き始めてからそれをよく理解したから、わたしは」

　やがて、一番上まで登り切った少女組は、巨大な窓の一つに全員で張り付く。

「よーし、ついた！　ん～！　良いけしきだねー！」

「わたし達の泊まってるホテル、あれかな？　やっぱりこう見ても綺麗だし、あの建物も大きいね！」

「……見て、飛行船。バンバン飛んでる」

「この国、見たことないものいっぱいで、おもしろーい！」

「……ん。主と色んなところ行ったけど、ここはちょっと毛色が違う。ドワーフの里も色んなもの作ってたけど、あっちはあくまで既存の技術を伸ばす方向だった。こっちは新しいものを作ってる印象」

「へぇ～！　まあ、あんまりわかんないけど、シィはおっきくなったら、色んなところにいってみたいね！」

「……その前にシィは文化の成り立ちを学んだ方が良いと思う」

「えー！」

「あはは……でも、結局色々知っている方が、旅行も楽しめるっていうのはわたしも同感かなぁ。レイ、ルイ、ローはどう？」

イルーナが問い掛けると、まずレイが「旅行は好きだけど、でも私は時々でいいかなー」と言い、ルイが「私達の家はダンジョンだからね！　家が一番！」と言い、ローが「でも、三人がどこかへ行くなら、付いてくよー」と言う。

「……ダンジョンが一番というのは同意。我が家は恵まれてる。どこか遠くへ出かけても、ダンジョン帰還装置があるから、帰ろうと思えば一瞬で帰ることが出来る。それが楽」

「ねー。おにいちゃんが設置した扉とかもあるし、おかげで羊角の一族の里に毎日通えるし、多分ウチって環境的に相当楽なんだよね……もう多分わたし、他のところで過ごすこと出来ないと思う」

「まあ、そもそもシィたちは、あんまり長くダンジョンからはなれると、よわっちゃうんだけどね！　ぶつりてきに！」

「あっ、そっか。もしかして、この旅行でもそれ、感じたりしてるの？」

「ううん、数日くらいなら、よゆー！　ね、レイ、ルイ、ロー！」

シィの言葉に、レイが「これくらいなら全然平気」と言い、ルイが「多分二週間くらいは大丈夫」と言い、ローが「体感的に、一か月くらい離れたら弱っちゃうかな？」と言う。

「一か月か……長いようで、短いね。ん、わかった、覚えとく。四人も、身体に変化を感じたら、ちゃんと言うんだよ？」

「……ん。ちゃんと言ってくれた方が、安心する」

「はーい、わかった！」

シィの言葉の後に、レイス娘達もまた、わかったと言いたげに片手を挙げた。

――そうして、会話が一段落した後。

外の景色を眺めながら……イルーナが、口を開く。

「ね、シィ。さっきは、何かあったんでしょ？　だから、そんなに……無理しなくてもいいんだからね」

「……むりって？」

「辛いなら、無理に笑わなくていいんだよ？」

「…………」

シィがまだ本調子ではなく、皆を心配させないよう殊更元気に振る舞っていることは、イルーナ達も気付いていた。

普段は底抜けに明るく、ムードメーカーな一面のあるシィ。

だからこそ、いつもと違って彼女が落ち込んでいることはすぐにわかるし、その様子はイルーナ達にとってもクるものがあり、ずっと気にしていたのだ。

シィは、気持ちを見抜かれてしまって一瞬バツの悪そうな顔をしてから、言葉にならないのか口を開いたり閉じたり繰り返し……一つ、頷(うなず)く。

「……うん、あのね。仲良くなった、けもののスケルトンのおじちゃんがいたの。でも、もう、いなくなっちゃった。もう、二度とあえなくて、それがとってもかなしいの」

吹っ切れてなどいない。吹っ切れる訳がない。

ふとした拍子に昼のことを思い出してしまうし、それで泣きそうになってしまう。ジクジクと、胸が痛む。

そんなに早く、心の整理など付かない。

「でもね……それでもいいって、今はおもってるの。かなしくないよりは、かなしいほうがいい。このおもいは、ずっと覚えておこうって、おもってる。だから、だいじょーぶ！　ごめんね、みんな。しんぱいかけて」

普段はのほほんとしているシィの、深い感情を感じさせる言葉。

そこに含まれている思いをイルーナ達も強く理解し、故にすぐには言葉が出て来なかった。

「……ね、シィ。それじゃあ、そのおじさんのこと、わたし達にもいっぱい教えて！　わたし達も、シィが仲良くなったおじちゃんのこと、ちゃんと覚えておくから」

「……ん。聞きたい」

エンの言葉の後に、レイス娘達もまた、近くを漂って聞く姿勢を見せる。

「ん……ありがと、みんな！　あのね、おじちゃんはね――」

そうして、彼女らはいっぱい話をする。

笑って、泣いて、楽しんで、怒って。

大人の知らぬところで、子供達は数多を経験し、数多を感じ、情緒を育むのだ。

大聖堂の観光は、当初の予定通りで終わった。

少女組は思う存分中の探索を楽しみ、大人組は基本座ってゆっくりし。

十分にイルーナ達が満足したところで、次は隣に併設されている美術館へと移動した。

こちらも広く大きく作られており、結構な数の作品が収められているらしく、まだまだ元気が有り余っていて好奇心が刺激されまくりな少女組とは、中に入ったところで再び別れた。

しかし、そんなテンションマックスな具合の彼女らに対し、ぶっちゃけ俺は、大聖堂程テンションは上がっていなかった。

何故かと言うと、まあ単純な話で、俺には芸術を理解出来るだけの感性が存在していないからだ。

すまない。本当にすまない。俺は美術品はわからんのだ……。

ピカソの絵とかを見てもそのメッセージを受け取れず、ただ「変な絵」としか思えない俺として

は、前衛的なオブジェクトとか、抽象的な絵画とか見ても、「うん……？」というくらいの感想しか出て来ないのだ。

ただ、それは、どうやら俺だけではなかったらしい。

「これは……素晴らしいものなのか？」

「素晴らしい、んじゃろう、きっと。わざわざこうして展示されておるのじゃから」

俺の言葉に、俺と似たような表情で首を傾げながら、同じ一枚の絵画を見るレフィ。

「……お、ユキ、こっちのこの絵などは、綺麗ではないか？」

「お、確かに、綺麗だ。風景画はわかりやすくていいな」

「そうじゃな。わかりやすいのは良いの。あのおぶじぇくととか、儂にはガラクタにしか思えんぞ」

「シッ、やめなさい。……俺も同感だが」

俺達は、美術館を普通に楽しめているらしいイルーナ達と、絵を見ながら何だか話が盛り上がっている様子のネルとリューを見て、呟く。

「……儂らには、芸術を楽しむ素養が無いのかもしれんのう」

「……そうだな」

なんて、二人でしみじみ話していると、レイラがクスリと笑って口を開く。

「二人とも、そう難しく考えなくていいんですよー。他者が価値があると思うからこそ、その対象に価値が生まれるんですー。だから、『綺麗だなー』とか、『何となく印象に残るなー』とかで好きなものを見つければいいんですー。極端な話、石ころを見て万人が『これは素晴らしいものだ！』

と言い始めれば、それは価値のある品となるのですからー」

「うーむ……じゃあ、レイラはどれか気に入ったのとかあるのか？」

「私は、この絵が良いと思いましたねー」

「へぇ？　……なんか、見てると不安になってくる絵だな」

レイラが気に入ったというのは、男性がこちらを見ている、というだけの絵。

しかし、色合いが原因なのか、どこを見ているかわからない瞳が原因なのか、ぶっちゃけ気持ち悪い。

ホラー風味、という訳でもないのだが、夜に見たら悲鳴をあげそうだ。正直、趣味が良いとは言えないな。

と、俺の言葉に、レイラは我が意を得たりといった様子で、笑みを浮かべる。

「そう、そうなのですよー。これは、ただの絵ですー。絵具を用いた、色の集合体。にもかかわらず、見ている者が何となく不快になり、不安を覚える……いったい何が作用して、そんな風に思うのか、不思議じゃないですかー？」

……なるほどな、それがレイラの楽しみ方か。

「二人も、何か感情に働きかける絵を見つけると美術館が楽しくなると思いますよー。少女組のあの子達なんかは、考えずに自然とそういう楽しみ方をしていますからねー。ネル達は、絵をネタに雑談が進んでるようですがー」

そうね。

ネルとリューの方は、よくよく会話を聞いてみると、「絵具で汚しちゃってさー。全然色が落ちなくて、お母さんに怒られたものだよ」「……その内、ウチの子らも同じことしそうっすね。まあ、我が家は洗濯機あるからある程度楽っすけど」「あれいいよね、全然手間掛からなくて！　指の肌荒れもしないし」なんて雑談具合で、別に絵を見て楽しんでる訳ではないようだった。

何だ、ヤツらもこっち側か。良かった。

「子供心で、か……俺程精神が成熟している大人もそうそういないだろうし、難しいな……」

「今、とんでもない戯言が聞こえた気がするが、聞かんかったことにしてやろう。しかし、子供心か……ユキ、あれとか面白いのではないか？　草が生い茂っていて、目に良い色で」

「そうだな。けどそれは、作品じゃなくてただの観葉植物だな」

「では、あっちはどうじゃ。革張りで、触り心地が良さそうで、座ったら疲れが取れそうなおぶじぇくとじゃぞ」

「そうだな。けどそれは、ただの休憩用のソファだな」

高度なギャグかましてくるじゃないか。

なんて、そんな冗談を言い合いながらだが、何だかんだ俺達も美術館を楽しむ。

ちなみにリウとサクヤだが、まず大聖堂を出た辺りでリウが目を覚まし、しかし人が多過ぎてちょっと気になるようで、耳をピコピコと動かして警戒するような素振りを見せており、このままだと泣き出しそうな気がしたので、大人組で交代して抱っこし、あやしながら美術館を回っている。

サクヤの方はまだ寝ているのだが、実は起きる度に何かを探すように周囲を見て、そしてそれがないとわかると泣き出してしまい、しょうがないのでどうにか寝かしつけたまま、ベビーカーに乗せている。

多分、ムクロのおじちゃんなる魔物を探しているのだろう。

サクヤが泣くと、それを見たシィも泣きそうな顔になっちゃうんだよな。

二人がこんなすぐ懐いた相手だ。俺も、その彼と話をしてみたかったものだ。

「どうだ、リウ。美術館は。何か興味を引くものはあるか？」

「うぅ……あうぅ……」

そう聞くも、リウは俺の服にしがみ付いているのみで、多少周りに目を向けたりはしているが、何かに興味を引かれている様子はない。

見慣れぬものが怖いのだろうが、必死にしがみ付いてくれるのが、こう……最高に可愛い。

「リウはちょっと、怖がりなところがあるっすねぇ」

雑談が一段落したところで、リウとサクヤの様子を見に俺達のところまで戻ってきたリューが、苦笑しながらそう言う。

「そうじゃなぁ。儂らが共にいて、少しずつ外出は怖くないことじゃと教えんといかんかもしれんのう」

「はは、まあ五感が鋭い以上、ある程度はしょうがないさ。もうちょい成長して、『音』ってものに慣れたら、それも落ち着くだろうよ」

感覚が鋭いからこそ、そうなるのだろう。

慣れてくれれば、そんなに怖がることも無くなるはずだ。

というか、以前リューの親父さんが来た時、そう言ってた。リューの時も、音に敏感に反応していたから、子育ての時はそこに注意した方が良いかもしれないと。

種族柄、だな。

「いやぁ、それにしても、サクヤのプニプニの軟骨みたいな角も可愛いけど、リウのこの耳も可愛いよねぇ！　いっぱい動いて！　もうこの耳の動きだけで、リウの感情が推し量れる気がするよ」

「リューの耳も、あと尻尾も、感情の動きに合わせて動きますよねー。獣人族の女の子は、そこがもう本当に可愛いですー」

「そうだな、リウの耳と尻尾は、母親譲りで可愛いよな。俺も大好きだ」

「……そ、それよりほら、みんなちゃんと観光するっすよ！　せっかく普段来ないような美術館に来たんすから！　ほーらサクヤ、気になるものがあったら、見せてあげるっすからね！」

「見せるも何も、サクヤ寝てるけどな」

「多分ここが美術館ともわかっておらんじゃろうな」

せやな。

——その後もゆっくりと美術館を回り、何だかんだ言いつつも、思っていた以上に楽しめた。

まあ、申し訳ないことに作品をじっくり見たりはあんまりしていなかったのだが、それらを横目に妻軍団とあれやこれや話すのが、意外と盛り上がったのだ。

結局アレだな、ウチの家族で行ければ、俺はどこでも楽しいんだな。

本当はこの後に博物館へ行くつもりだったのだが、意外と美術館に長くいて、閉館間際までそこにいたので、予定は明日へと繰り越しになった。しょうがない。

なので俺達は、ホテルに帰還した後、時間も時間なので夕食にすべくホテルの食堂へ行く。

ここの料理も、やはり美味しかった。バイキング形式で、好きなものを好きなだけ食べ、家族で雑談しながらゆっくりする。最高の時間の使い方である。

朝に話した通り、船長と船長の奥さんも泊まりに来たので、彼らと友誼を結ぶのも楽しかった。

女性というのは大したもので、妻同士であっという間に仲良くなり、会話も非常に盛り上がっていた。

なお、その話題の肴にされるのは我々夫陣のことであり、こっちは苦笑いしながら隅で酒を飲むのみである。

部屋に戻った後は、少女組は一日動き続けて疲れてしまったらしく、イルーナが風呂入った後に即就寝、シィも疲れていたようでヒト形態を解いて元のスライム形態で眠りに入り、レイス娘達も憑依していた人形から出て休止状態に。

リウとサクヤも、風呂に入れたら速攻で眠りに落ちた。

エンだけが起きていて、酒を飲んでいた大人組と交じり、つまみをポリポリしながら一緒にトランプをやっていた。

家でもこうやって、大人組で酒を飲みながらトランプとかボードゲームとかをやることは結構あるのだが、旅先でやると何だかいつも以上に楽しい気がするのが不思議だ。いつもよりテンションが高くなっているからだろうか。

で、数戦やったところで酔いもあって大人組もぐでんぐでんになり始め、眠気でゲームが大雑把になってきた辺りで切り上げ、それぞれベッドに入った。

最高の一日だったな。

シィとサクヤのこともあって、少々大変だった部分もあるが……ま、これも旅の醍醐味だろう。

……いや、嘘だ。この調子で問題が出続けたら流石に困るので、今回の旅ではこれだけで勘弁してもらいたいものだ。

◇　◇　◇

翌日。

ホテルで朝食を食べ、朝の準備を終えた俺達は、予定通り大聖堂の区画へと向かい、博物館に入館した。

俺が、一番来たかったところだ。

美術館よりもさらに立派な造りで、本館と別館の二つを丸々使った規模であり、レイラも知っているくらいの、つまりその筋では有名な博物館であるらしい。

珍しくテンションが上がって頬を上気させているレイラがすごい可愛かった。

まあ正直、羊角の一族の里にある、集客を意識した博物館よりは一段階劣る感じがあるのだが、あそこと比べるのは良くないな。むしろあっちがおかしいのだ。

中に入ったら考えていた以上に広く、今日一日使っても回り切れるか微妙なところなので、昨日じゃなくて今日にこれを回して正解だったか。

旅行の最終日として、他にも見たいところもあるので、ある程度で切り上げないといけないかもしれないな。イルーナ達がこっちを見たいと言ったら、そのまま博物館観光を続行するつもりではあるが。

ちなみに、俺が博物館へ来たかった理由の一つである、サクヤへと継承された神剣に関してだが、今は俺のアイテムボックスの中に突っ込んである。

サクヤが大きくなるまでは預かっておくつもりだ。護身用として持たせておくには危険過ぎるからな。子供に核兵器持たせてるようなもんだ。しかも、扱いを間違えたら自爆するような核兵器を、である。

ムクロのおじちゃんなる魔物が、どういうつもりでウチの子にアレを渡したのかは知らないが、流石にあんなものを子供に持たせておく訳にはいかないので、これくらいは許してもらわないと困る。

まあ、「大きくなったら渡してくれ」と言っていたようだし、その彼もわかっていたことだろう。

……俺のアイテムボックスの中も、相当危険物が増えて来たな。うっかり取り出したらヤバい、ってのがある訳だし、気を付けねば。

そうして、館内を回り始めた俺達だったが……。

「あるのはこれだけか」

出土品。

工芸品。

武具類。

エルレーン協商連合の成り立ち。

面白いものはあるが、残念ながら……浅い。

いや、別に、内容が浅い訳ではない。内容は、博物館だけあってすごい情報量だ。

しかし、時代が浅い。

ここ百年二百年くらいの、この国が都市連合を形成し、エルレーン協商連合として成立した経緯の紹介が中心なようで、俺が知りたいのはそれ以前の、もっと古い歴史なのだ。

置かれている一番古いもので、千年前の武器とか、魔道具とかである。その時代の紹介もあるようだが、神代とは程遠い。

……まあでも、仕方のないことかもしれない。

仮にも神代。命が非常に長い龍族ですら追えぬ程の、遥かな過去だ。

その歴史を、百年も生きられない人間が伝え続けるのは、不可能に近いのだろう。

ドワーフの里には、ずっと言い伝えが残っていたが……あれは例外として見るべきだな。よくまあ、歴史が残っていたものだ。

こうなってくると、また精霊王と会って、この辺りのことを聞いた方が早そうだな。多分彼なら、何かしら知ってるだろう。

ムクロのおじちゃんなる魔物のことも知ってるかもしれない。

……というか、考えてみると、この国にあったメッチャクチャ重要な文化遺産を、サクヤが貰っちゃったことになるんだよな。

別にこの国が所有していた、という訳ではないが、この国の領土内に存在した遺物だ。それも、神代というこれ以上ない貴重な時代の、である。

う、うーん……となると、何か埋め合わせをしないと、だな。

神剣のことや、ムクロのおじちゃんなる存在のことをこの国の誰かに話すつもりはない。

多分これは、彼らにとって知らない方が良いことだ。知ってしまったら行動しなければならないが、知らなければそんなものは存在しないのだから。

神剣は、まず間違いなく厄ダネだ。俺だって、こんなものは持っていたくない。

シィとサクヤが、そのムクロのおじちゃんなる存在から形見として貰ったからこそ大事に保管しようと思っているが、そうでなかったら速攻で手放したいのが正直な思いである。

それだけの力があるのが、神シリーズの武器なのだ。

しかし、そうしてこの国の者が気付かぬ内に貰っちゃったからこそ、俺の方で何か、この国に埋め合わせをしなければならないだろう。

俺はこの国に好感を抱いているので、知らん顔してしれっと観光は出来ない。普通に後ろめたい。

ただ、魔帝でなくなった俺の出来ることとなると……やっぱ魔物関係か。

よし、魔物被害で何か困ってることがあったら、俺が排除するとしよう。この国、航路拡張中だろうし、魔物のせいで遠回りしているところとかあるはずだ。

それを狩れば大きな利益になるだろうし、それなら釣り合――わないな。それでもこっちが取り過ぎだわ。

……しょうがない、この国に対する俺の個人的な借りとして、覚えておくとしよう。で……そうだな、サクヤが大きくなって、自分で物事を判断出来るような歳になったら、我が息子に放り投げるとしよう。

ははは、いいな。なんかそれはそれで楽しみだ。「えー」って面倒臭そうな顔で、嫌々俺の言う通りこの国に義理立てする息子の姿が見たい。

ま、結局この博物館に大した情報は無さそうだし、今は純粋に楽しむとしようか。

「おにーさん、何だかご機嫌そうだね？」

隣のネルが、こちらを見上げてくる。

「わかるか？　最近の俺はご機嫌もご機嫌、ハッピージャム……何でもない。まあとにかく、色々楽しいんだ。こういう博物館も、個人的に好きだしな」

「あぁ、おにーさん意外と歴史とか好きだよね」

「先人に思いを馳せる、なんて高尚なことを言うつもりは無いが、遺跡とかロマンの塊だろ？　見てるだけでワクワクしないか？」

過去とはそれだけでロマンなのだ。古文書とか謎の遺品とかワクワクする。

そこに暗号とか隠れてたら最高だ。ダヴィンチの暗号の映画とか、前世で超好きだった。蛇が嫌いな鞭使いの先生の映画も全部見た。

この世界で素晴らしいのは、そんな映画みたいな面白遺跡とかが、実際に存在することだな！

「おにーさんも男の子だねぇ。サクヤも、きっとパパみたいになるんだろうね。現時点で自分の好奇心に素直だし！」

ベビーカーのサクヤの頬をプニプニ突きながら、笑うネル。

サクヤもネルの指を掴み、楽しそうに「あう、いおお！」と遊んでいる。

一日経ったおかげか、今日のサクヤは大分落ち着いている。

周囲をキョロキョロして、まだむずがる時があるが、母親達の誰かがあやしてやれば機嫌を戻すくらいにはなってくれている。

なお、リウもサクヤも、俺があやしても全然泣き止まない。むしろさらに大声で泣き始めるので、俺の抱っこは二人の機嫌が良い時にしか許されていない。

いやホント、俺があやしてもなかなか寝てくれず、全然泣き止んでくれないのだ。

寝かせようと思った時に抱っこすると、「何してんの？」と言いたげな様子でこちらをキョトンと見るのみで、二人とも「あぶぅ、あう！」とか「いおぉ、あお！」とか言って遊びたがるし、泣いている時に抱っこすると、もうギャン泣きになって暴れ始めるのだ。

なのに、レフィ達が抱っこしてあやすと、すぐに寝るし、すぐに泣き止む。

いや、泣いている時に限っては、理由如何によっては全然泣き止まないこともあるのだが、寝かせようと思ってあやすと、すぐに寝るのである。

恐るべし……ヤツら『母』は、安眠光線を身体から放っているのだ。

いったい『父』と何が違うのか……疑問は尽きない。

「ぶあう！　いあ！」

と、サクヤの琴線に引っ掛かる何かがあったらしい。

ネルの指から手を放し、急に展示の方へ興味を示し始めるサクヤ。

「お、サクヤが何か見たいようだぜ」

「何だろうね。……これは、弓かな？」

「そうっぽいな。弦は無いが、ちょっと変わった弓だな」

「武器に興味を引かれるとは、見る目があるね、サクヤ！　お母さん、息子の趣味が良くて嬉しいよ！」

「ネル、頼むから、二人を風呂過激派と武器フェチに育てようとするのはやめてくれな」

「えー、僕は世の中の素晴らしいものを教えようとしているだけなんだけどなー」

「あなたは最近、極端なんですよ……」

いつからネルはこうなってしまったのか……まあ可愛いから別にいいんだけど。

武器の話をこれ以上するとネルが暴走しそうなので、俺は流すようにオホンと一つ咳払いする。

「で、サクヤが興味を持った弓は、どういう謂れが……あー、これ、もしかして……」

「……その顔、もしかして神代の品？」

「……そうらしい」

博物館の方の説明文は、『過去、首都ルヴァルタ近郊の遺跡から発掘された弓。材質と製造方式から少なくとも二千年以上前の遺物であることは確実だが、内蔵魔力が高過ぎるため、具体的な年代の特定は不可能』と書かれている。

俺も、パッと見ただけの時はわからなかったが……分析スキルを使って確認したら、一発だった。

> 必中の弓：魔力を込めると射程が伸び、目標に向かって追従する。かつて神々の大戦が起こった時、人々は神を助けんと武器を手に取り、戦った。而して英雄は生み出され、敵を葬り、なべて死を迎えるのだ。

……この弓は、神シリーズではないようだが、その時代のヒト種が作った武器なのだろう。

やっぱりこの国の周辺は、神代と深い関係のある場所なんだな。

というか、サクヤが分析スキルを持っていないことは確認済みなのだが……何故数多ある展示の中から、ピンポイントでそういうものを発見出来るのか。

お前の嗅覚どうなってんだ、ホントに。

「俺はこれ以上、この博物館をサクヤに見せるのが怖くなってきたぞ」

「あ、あはは……ま、まあ、色々見て、色々知っておくことは、決して悪いことじゃないはずだから さ。まだ小さい内に、こういうものに慣らさせてあげておこうよ」

「……サクヤの中の常識がおかしくならんよう、俺達で教えてあげないとな」

「……せ、責任重大だね」

いいか、サクヤ。

お前がポンポン見つけてるものは、本来は伝説のシロモノと言うべきものなんだ。

一つでも発見出来たら、『世紀の大発見！』と銘打って良いくらいのものなんだ。

そのことをゆめゆめ忘れないように。

◇　◇　◇

夜。

「ふー、流石にクタクタだよぉ。足が疲れた！」

「……ん。でも、楽しかった。みんなで色んなところに行くの、最高」

「そーだねぇ！　たのしかった！」

観光は、終わり。

博物館を中心に回った後、昨日とはまた別の通りで土産物を見たり買い物を行い、大規模な公園を散歩したりと、首都を十分に堪能したところで夕方になったため、ユキ達一行はレストランに入った。

二階建てで、夜景がよく見えるテラス席に座り、魔力灯に照らされた人工的な光の美を楽しみながら夕食を食べ、そして食べ終わった後も、席を立たずゆっくりとする。

帰るだけなら一瞬で帰れるので、今は夜景を見ながら、皆で旅の余韻に浸っているところだった。

――シィは、街を見る。

街を包む光。

空は暗いのに、街並みは明るいままで、煌びやかな光景が広がっている。

この世界においてそれは、他では一切見ることの出来ない、先進的な美である。

だが……シィは思うのだ。

あの庭園の方が、綺麗だったと。

幻想的で、何もかもが心地良くて。

骸骨の彼が笑っていて。

「…………」

シィは、彼ともっと話をしたかった。

もっと話を聞きたかった。

何より、自分の家族を紹介したかった。

彼のことを考えると、どうしても悲しくなってしまう。

せっかくの旅行だ、皆を心配させたくなかったため、なるべく考えないようにしていたが……ふとした拍子に思い出してしまい、やっぱり泣きたくなってしまう。

――ここには、また、来よう。

必ず。

自分がもっと大きくなって、一人で色んなところに行っても大丈夫になったら、供えるためのお花を買ってここに戻ってくるのだ。

その時は、大きくなったサクヤも連れて来よう。

それで、ここで自分達が誰と出会い、誰とどんな話をしたのか。それを、教えてあげるのだ。

その時、彼のことをサクヤが覚えていたら、嬉しい。

「ね、あるじ。サクヤ、だっこしていい？」

「ん、あぁ、大丈夫だ」

そう言って、ユキはベビーカーのサクヤを抱き上げ、シィに渡す。

シィは両手で大事に彼を受け取ると、外の景色がよく見えるテラスの手すりの近くに立つ。

「サクヤ、またいっしょに、このまちに来ようね」

「うぶぅ、あう……」

サクヤは、シィの顔を見て、それから夜の街へと視線を送る。

サクヤが何を考えているのかはわからない。

ただ、きっと……この子も彼のことを考えているはずだ。

この子が、ムクロのおじちゃんに懐いていたことは、間違いのない事実なのだから。

色んな感情が浮かび上がり、言葉が出て来なくなるシィを見て、ユキは優しく笑い、その頭を撫でる。

シィは、また泣きそうなくらい悲しくなったが……もう、泣かなかった。

◇  ◇

観光が終わった後。

ウチの面々は、満足した様子で帰っていき——だが、俺は帰らなかった。

エンにも残ってもらい、ただ流石に疲れていたようなので、今はアイテムボックスの中で眠っている。

「船長、ありがとう。おかげで良い旅行になった。すごい楽しかったぜ」

「この国の者として、その言葉は何よりも嬉しいものだ。まあ、私はただ案内しただけで、偉そうなことは言えんのだがな」

昨日今日と泊まっていたホテルのロビーで、船長と言葉を交わす。

時間も遅いからか、他のお客さんの姿はほとんどない。スタッフが待機しているくらいだ。

「いやいや、色々手配してくれたおかげでスムーズに回れたし、何より紹介してくれたところが全部面白かったからな。ウチの面々の護衛をしてくれていた、アンタの部下達にも感謝してると伝えといてくれ。——時に船長、何か困りごとはないか?」

「ふむ？　困りごと、とは？」

「飛行船の魔物対策とか、航路拡張したいが、魔物が邪魔になってるところとか。色々便宜図ってくれたし、邪魔なのがいるなら狩ってやるぞ」

俺の言葉に、彼は少し考えるような素振りを見せる。

「……正直、確かにそういう魔物はいる。最短で航路を引きたいところに居座った魔物のせいで、わざわざ迂回せねばならなくなっているところがな」

そう言うも、船長は頭を振った。

「だが、その討伐を頼むのはやめておきたい。魔王の力があれば排除は容易いのだろうが、それは大きな借りだ。私は貴殿を友人だと思っている。だからこそ、そういう借りは作りたくない。多少便宜を図った程度で返せるものではないぞ」

……俺と同じこと考えてやがるな。

神剣のことを知らない以上は、俺がここで魔物狩りを手伝ったりしたら、向こうからすれば逆に大きな借りになるのだろう。

どうやって説得したものか……こうなったら、少しだけ話すか？

「……船長。アンタは今、軍人であるのと同時に、『特別外務公務員』ってのになってるんだよな？」

「ん、うむ、そうだな。仕事は魔王ユキ一家の接待役だが、これで給料をもらうのは申し訳なくなってくる思いだな。遊びに来た友人に便宜を図るくらい、当たり前のことだしな」

いやホントアンタ、しっかりした大人だな。高潔な軍人って感じだ。

「ってことは、ある程度は俺に便宜を図るのが仕事だし、国に仇為さない限り、多少は俺の秘密を守ってくれるってことでいいんだな？」

「……そうだな。ただ、何だか話を聞きたくなくなってきたぞ」

「察しがよろしいことで。――ちょっと辛いぞ」

俺は、近くに船長以外いないことを確認してから、アイテムボックスを開き、神剣を取り出す。

瞬間、溢れ出す莫大な圧力。

それを受け、身体を硬直させる船長。

「――ッ！」

鍛えてはいても、ただの人間である船長の近くにこれ以上神剣があると昏倒させてしまう可能性が高いため、彼が神剣を確認したのを見て取った後、すぐにアイテムボックスに戻す。

「い、今のは……」

「そう言えば船長、シィが迷子になった時の礼がまだだったな。世話になったし、その礼ってことで、その航路に居座るヤツを俺が排除しよう」

俺の言葉で、ある程度事情を察したのだろう。

若干頬を引き攣らせながら、数度口をパクパクさせ、彼はようやく言葉を絞り出す。

「……なる、ほどな。腕の良いはずの部下達が、間抜けに見失ったのは、理由があったのか……」

「俺はこの国の歴史に興味を持った、とだけ言っておく。今ので俺の用件が大体わかったと思うが……」

「いい、何も言うな。私は何も見ていないし、何も知らない。あの可愛らしいスライムの子はただ迷子になっただけ。……それは恐らく、この国にない方がいい。災いの種だ」

賢明な判断だ。助かる。

「わかった。つまりは……借りではなく、貸しの清算なのか。それで魔物討伐と。……うむ、そういう事情ならばお願いしよう」

「誰かに何か聞かれたら、アンタが個人的に俺に貸しを作ってたってことにしといてくれ。悪いな、面倒掛けて。魔物討伐程度で借りの全てを返せるとは思ってない。だから……この国は俺に対して貸しを作った。どでかい貸しだ。その分俺はこの国を気に掛ける。ずっとな」

「……フッ、ユキ殿には悪いが、我々は意図せず幸運を掴んだようだ。訳のわからん災いの種が手元に残るより、目に見える友との繋がりの方がよほど助けになるだろう」

「今後も、アンタが間に入ってくれると助かる。ウチの息子がデカくなったら、俺の持ってる借りは息子に清算させる予定でな」

「長い付き合いになりそうだ。ま、細かい事情は抜きにしても、また奥方らを連れて遊びに来い。我々はいつでも貴殿ら一家を歓迎しよう」

　是非ともそうさせてもらうよ。

　ウチの家族も気に入っていたし、何より……シィにとって、この国はとても大事な場所になったみたいだからな。

◇

　ウチの面々が帰った、翌日。

ホテルにエンともう一泊だけした後、俺は魔物駆除のため、軍用の飛行船に乗って飛んでいた。

「……軍用飛行船、かっこいい。エン、客船より、こっちの方が好きかも」

「わかる。カッコいいよなぁ、軍用機って」

早い方が良いだろうと、夜の内に船長が形式を整えてくれていたようで、朝になって朝食を食べた後、寄越（よこ）してくれた馬車で移動。

そのまま首都近郊の軍基地に入って、飛行船に乗って今に至る。

この仕事の速さ、流石である。出来る男は違うね。

俺達が軍用機のカッコよさに見惚（みと）れていると、部下を指揮して船を操縦していた船長が、こちらへと声を掛ける。

「敵はこの先だ。すまんが、これ以上近付くと船が捕捉されて攻撃される危険性があるため、案内出来るのはここまでだ」

「オーケー、排除が終わったら、俺達はそのまま帰る。だから、俺達のことは気にしなくていいからな。あぁ、倒した魔物の素材とかは全部好きにしてくれ。俺はいらん。――エン、頼む」

「……ん」

船をご機嫌で眺めていたエンは、コクリと頷（うなず）いて、大太刀へと戻る。

「……本当は魔物討伐の後、残ってもらって歓待などしたいところだが、恐らくそれをした方が迷惑だろうな。わかった、そのように」

「おう、悪いな。家族も帰ったし、俺達も早い内に帰りてぇ」

そのまま俺は、エンを肩に担ぎ、勝手知ったる飛行船のタラップを開く。

入り込む風。

「……そういや、考えてみると、アンタにこうやって見送られるのは三回目か」

「クク、そうなるな。思えば奇妙な縁だ。――では、またその内に。お嬢さん、そして魔王よ」

「あぁ、また。船長」

『……バイバイ』

敬礼する彼に、俺もまた笑って敬礼を返し、飛行船からポンと飛び降りた。

自由落下の最中（さなか）、翼を制御して空を掴み、飛ぶ。

身体が風を切る心地の良い感触。

元々飛ぶのは好きだったが、やはり三対になってから、さらにそれが楽しくなった。バイクとか車とか好きな人が、馬力にこだわり始める理由がわかっちゃうね。

そう言えば、まだ見たことはないが、サクヤにも翼があるらしい。

背中に魔力の流れが集中しているポイントがあるため、確実に翼はあるだろうというのがレフィの見立てだ。

ウチの子と飛べるようになるのが楽しみだぜ。

なんて、そんなことを考えている内に、俺は目標を視界に捉（とら）える。

「お、アイツか。……聞いてはいたが、随分デカいな」

『……ん。でも、おっきいだけ』

肩に担いでいるエンが、何でもない様子でそう言う。

「はは、そうだな。その通りだ」

そこにいたのは、ビル三階建てくらいありそうな、四足歩行の巨大な怪物。

――『ゴリルレーヴェ』。

ライオンベースに、ゴリラの肉体を掛け合わせたかのような弾ける筋肉をした魔物で、立派な鬣と角がある。

翼は無いのだが、どうやらジャンプ力が凄まじいらしく、低空を飛んでいると飛び掛かられることがあるそうで、さらには高空を飛んでいても岩とか投げつけてくるんだとか。

実際、調査のために飛んでいた軍用船の一隻が岩を食らい、中破しながらどうにかこうにか帰ったことがあるらしい。大分気性が荒いようだな。

で、さらに面倒なことに、身体がデカいからか縄張りの範囲も広いようで、付近の山脈だったらどこにでも現れるそうだ。

こうして見ても、人間の軍だったら本気で掛からないとならないくらいの強さがあるのはわかり、確かに排除にはコストが掛かりそうだ。実際放置されている訳だし、それよりは大回りでも迂回した方が良い、っていう判断なのだろう。

ただ――魔境の森では、中堅より少し弱いレベルだ。ウチのペット軍団一匹よりも遥かに弱い。

そして、どうやら頭も悪いらしい。

「グウゥゥゥ……」

俺達を見ても唸って威嚇するだけで、恐れる素振りも見せなければ、警戒する素振りも見せない。

俺達の方が強いということを、見抜けていないのだ。

サイズに差があるから、こんな小さいのが自分よりも強いとは思えないのかもしれない。

「よぉ、ゴリライオン。良いこと教えてやる。自然界を生き抜くために最も重要なのは、知恵だ。お前みたいな、自己主張強いだけのバカは早死にするぞ」

『……賢さは大事。賢ければ、強者とも戦える』

「そうさ。で、お前は弱い上に賢さも無い。だから、こうして目を付けられるんだ」

俺達の言葉はわからずとも、しかし挑発されていることだけは一丁前に理解したのだろう。

「グラアアアッ‼」

無駄に立派な筋肉を躍動させ、近くにあった木を引っこ抜き、メジャーリーガーもかくやというフォームでこちらに投げつけた。

投げ斧のようにグルングルンと回転し、迫るそれをヒョイと潜って回避した後、ギュンと踏み出して距離を詰める。

向こうも投げ付けた後に走ってきていたが、俺からも迫ったことで、一気に間合いが狭まる。

距離が狭まったことで、反射的に振り上げられる拳。

頭上から降ってくる、隕石が如しそれは、しかし遅い。

俺は、一歩ステップを入れて横に回避し、隣を通過して大地に突き刺さった拳に向かって、下段の低いところから振り上げたエンで斬り付けた。

お？　意外と硬い。

この感触、肉は斬ったが、骨で止められた感じだな。斬り飛ばすつもりだったんだが、エンの刃でも斬れないとは、なかなかである。斬り上げた角度が悪かったか？

ただまあ、何も問題は無いな。

どうもコイツ、戦闘経験浅いようだし。

「ギャアァァッ⁉」

ちょっと斬られただけで情けなく悲鳴をあげ、そして怒ったようにブンブンと両腕を振り回し、俺をペシャンコに潰そうと暴れ始めるゴリライオン。

多分、お山の大将だったせいで、今までの戦闘は全て楽勝で相手を降してきたのだろう。

どいつもこいつも強く、格下でも油断すると負ける可能性のある魔境の森の魔物達とは違い、周囲に競る相手がいないため、こんな風に怪我を負うことが今まで一度も無かったのだと思われる。

冷静さを欠いた相手など、敵ではない。

見て、避け、そして斬る。

きっと、一撃でも食らえば俺でも大ダメージなのだろうが……アレだ。

当たらなければどうということはない、だ。いや、今の俺なら、当たっても「痛い」くらいの感想で済むか？

次々にゴリライオンの肉体に傷が増えていき、血が舞う。

このままでは勝てないとようやく悟ったのか。

俺が胴体を斬り付けた後、怯(ひる)んだように後退すると、そのまま背中を見せて逃走を開始。

命が懸かっている以上、勝てないとわかったら逃げるのはアリだ。アリだが、逃げるならもっと早くに、自分の余力が残ってる内にそうするべきだった。

「背中見せたらァ負けだぜッ‼」

俺は翼を羽ばたかせてギュンと加速し、飛び上がる。

そして、空中からゴリライオンの首筋目掛け、急降下。

速度を乗せて振り下ろしたエンの刃は、今度はしっかりと骨を断ち、ズ、と首がずれ。

まず、頭部がゴトンと落下し、刹那(せつな)遅れて、胴体がズゥン、と地に落ちた。

エピローグ　家族

「ただいまー」

「……ただいま」

エンと共に帰宅すると、すぐに家族から「おかえり」と声が返ってくる。

「お疲れじゃ、二人とも。無事に仕事は終わったか？」

「おう、しっかり魔物シバいてきたぜ。——ただいま、リウ、サクヤ」

俺はまずリウの頭をくしくしと撫で、それからサクヤの脇に両手を入れて持ち上げる。

「我が息子よ、お前の尻拭いはしてきたぞ。けど、出て来た魔物が弱すぎたな。あのレベルなら……あと千体くらい倒してようやく最低限って感じか。そういう訳だから、サクヤ、大きくなったらお前が借りを返すんだぞ」

「うぅあう？」

「……武器が必要になったら、エンが手伝ってあげる。だからサクヤ、エンを使えるくらいまで筋力付けてね」

「カカカ、それはなかなか大変そうじゃな。姉を満足させられるよう、頑張らんとのう、サクヤ」

「……リウも、と思ったけど、リウは難しいかな」

「リウはどうじゃろうなぁ。まあ、女の子じゃし、リウが武器を持つなら、ネルの方向性が良いかもしれんの」

「……ちょっと残念。じゃあ、ネルと一緒に剣の心得を教えてあげることにする」

「はは、あぁ、それがいいな」

そんなことを話していると、顔を覗かせたリューが俺に言う。

「ご主人、アイテムボックスの洗濯物とか、出してほしいっす！　全部一気に洗濯しちゃうんで」

「そうじゃな、あと小物類も全部出しておけ。一気に片付けてしまおう」

「あ、そうか、俺が大きな荷物は持ったままだったな。オーケー、手分けして片付けようか」

そうして、皆で旅行の片付けを始める。

俺は、何故だか、この片付けが楽しかった。

上手く言えないが……この後片付けの面倒くささを含めて、家族、というものが感じられたから、だろうか。

家族。

いつからか俺は、ダンジョンの皆を表す時に、その言葉が一番しっくり来るようになった。

今の俺は、家族に生かされているし、家族のために生きようと思っている。

それが、唯一不変の価値観として、自分の中心に根付いているのだ。

「リウ、サクヤ。また一緒に……旅行行こうな」

「ほれ、ユキ。そっちが終わったのならこっちを手伝え。十三人分の荷物じゃ、テキパキやらんと今日中に終わらんぞ」

「へいへい、任せろ」

俺は、洗濯物に手を伸ばした。

特別編　怒らせたい

俺は、思った。

——最近、妻軍団がしっかりし過ぎている、と。

しっかりし過ぎて、からかい甲斐が無い。

特に、レフィとリューだ。

リウとサクヤという子供を持ったことで、二人は『母』としての顔がものすごい表に出るようになった。

俺も、『父』になってしっかりしなきゃと思うようにはなったが、精神的に成長出来ているのかと言われると、正直自信がない。

対してあの二人は、明らかに精神的にも成長している。

思考の中心が、まず子供達。次に生活。最後に自分達のことになっているのだ。常に頭の片隅にリウとサクヤのことがあるのが、一緒にいるとよくわかる。

ちなみにその中で、俺に対する注意の割合は多分五パーセントくらいだな。まあ、家庭における父とはそんなものだろう。

そんなしっかり具合だから、見てるとなんかこう、いたずらをしたくなってくるというか——いや、いや。違う。

しっかりしているということは、気を張っているということ。

毎日、ひと時も休まず家のことを考えているということ。

それは、良くない。うん、良くない。

大人組で時間を決めて、交代で休憩しているので気を緩める時間は実際のところちゃんとあるのだが、とにかく良くない。

ならば夫として、妻達をリラックスさせてやり、楽しませてやるのが俺の責務ではなかろうか。

そう、これは妻達のための、夫の気遣いなのだ。

単純に俺がちょっかいを掛けたくなったとか、そんな理由は決して存在しないのだ。

――ふむ、仕掛けるならば……やはりまずはレフィからだな。

現在レフィは、サクヤではなくリウのおむつを替えてやっており、そのまま手際良く寝かしつけている。

「ほれ、しっかり寝るんじゃぞ」

抱っこしながら軽く揺すってやり、するとリウはおむつが替わって気分が良くなった上に、安心したからなのか、一分もせず眠りへと落ちて行った。なお、その隣でサクヤも爆睡中である。

鮮やかな手並みだ。ちなみに、これと全く同じことをリューも出来る。

あれこそが、世の母親が持つ対赤子特攻魔法、『スリーピングハンド』。

対象を眠りへと落とす魔法で、相手が赤子ならばどんなパワーのある子だろうと強制的に一瞬で眠りへ落とす効果がある。

恐ろしい……何という力。あれが出来ない父親が、家庭で肩身が狭くなる訳だ。

そうしてリウの世話を終えたレフィは、一息吐き……仕掛けるならば、今！

「レフィ、コーヒー淹れたぜ。飲むか？」

「ん、うむ。ありがとう――うぷっ⁉」

俺からカップを受け取ったレフィは、それを口に付けた途端吹き出しそうになり、慌てて口を押さえる。

「な、何じゃこれ⁉」

「コーラ」

レフィが飲んだのは、コーヒーではなくコーラだった。

「……ユキよ。何故、わざわざかっぷに、こーらを入れた？　おん？」

「フッ、それはな……お前が驚く顔が見たかったからだ！」

「何キリッとした顔で言うておるんじゃ、阿呆！　危うく吐き出すところじゃったろう！　全く……お主、子をあやした直後の妻を労おうという思いはないのか？」

「労ったじゃん。コーラで」

「最初に『コーヒー淹れたぜ』とか言うておった時点で、儂をおちょくる気満々じゃろうが！」

全くその通りです。

甘い匂いで気付かれるかとも思ったが、その前にぐびっとやってくれたおかげで上手くいったぜ。

「いやはや、お前も甘くなったもんだな、レフィ！　俺達の仲ってのは、そんな甘っちょろいものじゃなかったはずだ！　隙を見せれば、やられる。それが俺達ってもんだろう！」

「……そうじゃな、そうじゃった。確かに儂らは、隙があればそこを突く。そういう関係じゃった。つまり夫がそのような横暴を働くのならば、妻として反逆の狼煙を上げてもかまわんということじゃな！　安心せい、リウが寝た直後故、仕置きは我が子が起きん程度に収めてやる……！」

「フハハハ、レフィ、忘れられては困るが、俺も昔とは違うんだぜ！　今の俺は、魔王であり、夫であり、父親でもある、究極の生命体！　そんな手加減をしていて、この俺の相手が――ぐあああっ、こ、これはっ、何て完璧なコブラツイスト！　てかちょっと待て、お前技への移行がスムーズ過ぎるぞ⁉」

　何故そんなスムーズに関節を極められる⁉　いつの間に練習していやがったんだ⁉

「こんなこともあろうかと、という奴じゃ！　確かに先程は油断しておったが、儂が夫への対処を想定しておらん訳がないじゃろう！」

「どんな状況を想定したらコブラツイストを覚えることになんだ⁉」

「フン、先に仕掛けてきたのはお主じゃ、文句を言われる筋合いは無いの！　ごめんなさい、と一言言えば、鼻からこーらを流し込むだけで許してやらんこともないぞ」

「いやそれは許されてないいんだが⁉」

　その後、存分にレフィから仕返しを受けたが、しかしいたずらをするという目的――いや、いや、違う。

妻の気を緩めてやるという目的が達成出来たので、実質俺の勝ちだ。

俺は、必ず目標を達成する男……残念だったな、レフィ！

◇

レフィとの死闘を終えた後。

次なる俺のターゲットは、リュー。

ヤツは今、洗濯物を干し終え、遊びに来ていたセツを撫でまくっている。

「いやぁ、可愛(かわい)いっすねぇ、セツは……うへへ」

「くぅくぅ！」

わしゃわしゃと撫でられ、「もっと撫でて！」と言いたげな様子で心地良さそうなセツと、その柔らかで温かくて最高な触り心地の毛並みに、頬がとろけまくって、とろけるチーズみたいになっているリュー。

うん、今は母の時間ではなく、完全に自分の時間だな。リウの世話をレフィに任せていたので、知ってはいたが。

基本的にリウの世話はリューが、サクヤの世話はレフィがやっているが、特にそういうのと関係なく反対で世話をすることもある。

妻軍団の最近の連携と結託具合は、俺が恐れる程凄(すさ)まじいものがあるが、とりわけレフィとリューは、母として思考が似るようになったからか、ほぼ阿吽の呼吸で動けるようになっているのだ。

それにしてもセツ、やっぱデカくなったなぁ。フワフワなのは変わらんが、もう毛玉には見えない。

スラリとした肢体の、美しい狼フォルムだ。しぐさなんかはまだまだ子供そのもので、甘えん坊だが。

ついこの前までは、イルーナ達の膝にも届かないくらいの大きさしかなかったのに、今では彼女らの腰くらいには届くだろう。

やっぱりイヌ科は成長が早いな。フェンリルがイヌ科に含まれるのかは知らんが。

まあとにかく、フェンリルの成体があのサイズだからこその、この成長具合なのだろう。

と、そんなことを考えながらリューの隙を窺っていると、我が妻はセツを撫でたまま、こちらを見もせずに口を開いた。

「ちなみにご主人、そこに隠れてるのもバレバレっすし、何か企んでるのもわかってるっすからね」

何、気付かれただと……!?

「いや、何驚いた顔してるんすか。さっきレフィと遊んでたの見てたんで、ご主人ならその流れでこっちにも来るでしょうに」

「そこまで見抜くとは、流石だリュー……この俺も、褒めざるを得んな！　それでこそ、魔王の妻に相応しい……」

「ご主人が妻の条件として、いったい何を求めているのか甚だ疑問っすね」

なんて、二人で冗談を言い合っていると、俺に気付いたセツがこちらにも突撃してくる。

「くぅ！」

「わははは、よーしよし。いやぁ、お前の毛並みはホント触り心地良いなぁ。フワフワで、毛布みたいだぜ」

「くぅくぅ！」

先程のリューみたいに撫でまわしてやると、嬉しそうに身体を捩らせ、腹を見せてクネクネするセツ。

「いやもう、究極的に可愛いっすねぇ……この可愛さはもう、言語化不可能っすよ、不可能。たとえレイラでも『この可愛さは解析不能ですねー』とか言うはずっす！」

「レイラ、感情表現豊かになったよなー。エンみたいだった訳じゃないが、基本スタンスが微笑みで全然動じなかっただろ？　それが今じゃあ、狼狽えることもするし、呆れる顔もするし、ため息も吐くし、程良く怠けるようになった。その姿を、俺達に見せるようになった」

それだけ聞くと、悪くなっているように思われるかもしれない。

だが、違うのだ。

弱みを俺達に見せるようになったということは、俺達にそういうものを見せても構わないと思ってくれるようになったということだ。

気を抜いてくれるようになったということだ。

それが、俺は嬉しいのである。

「ま、でも、やっぱ最近の驚きは、お前とレフィだ。全く、揃いも揃って『母』になってよ。『父』として何をしてやろうかと焦る身にもなってほしいね」

「ふふ、でも、そうやってご主人が悩んで出した結論なら、きっとうまく行くっすよ。何も問題ないっす」

「……そうか？」

「そうっす。今までもそうだったし、これからもそうだってウチらは確信してるっす。だからこそ、ウチらはご主人に付いて行くんす。どこまでも」

「……そうか」

裏表のない綺麗な笑みを向けられ、俺は少し照れ臭くなって彼女から顔を逸らし――。

「――って、待て待て、違う違う」

危ない危ない。セツの可愛さから話が逸れて、いつもの雑談になってしまうところだった。

そうじゃない、今日の俺の目的は、いたずら――ではなく、妻達の気を緩めて癒してやることだ。

俺の方が癒されてどうする。

「危ないところだった、流石は魔王の妻……人を絆す手段に長けてやがるぜ……」

「ダメっすか。惜しいっすね、このままなぁなぁにしようと思ったのに」

「け、計算尽く、だと……？　い、いつの間に、そこまでの手管を覚えたんだ……!?」

「チッチッ、甘いっすね、ご主人！　ウチは悪逆非道なる魔王の妻！　ならば、相応に邪悪に染まるというもの……女の武器くらい、駆使出来て当たり前っす！」

「くっ、まさかお前が、そこまでの成長をしていたとは……！　何てヤツだ……！」

「覚悟することっす、ご主人！　ウチらは魔王の妻として、誰よりも長くその手練手管を学び、悪を為すことに喜びを覚えた身！　真なる魔王に相応しき者として、夫に下剋上を果たす日は近いっすよ！」

恐れ戦く俺に対し、ニヤリと不敵な笑みを浮かべてみせる魔王の妻、リュー。

冗談に全力で乗ってくれるリューは良いヤツだ。結婚したい。

あ、もう結婚してたわ。フハハ。

そんな俺達のやり取りを、よくわからない様子で首を傾げながら、セツが見ていた。

なお、俺は本来の目的を忘れ、結局そのままリューと雑談を続けた。楽しかったから良しとしよう。

リューへのいたずら——もとい、気を緩めてやることは失敗したが、俺はめげない魔王……まだ獲物は、二人も残っている。
ネルとレイラ。彼女らの気も緩め、日々の疲れを癒してやらねばなるまい。
きっと、日々の家事の全般を大体やってくれるレイラも、唯一外に稼ぎに出ているネルも、それはもう疲れが溜まっていて、夫の助けを待っているはずだ。

である以上、今日だけは、俺は恐怖をもたらす悪の大魔王ではなく、癒しをもたらす聖なる悪の大魔王となるのだ……！

自分で言っててもうわかんねぇな、これ。

とにかく、ネルは帰ってくるのが基本夕方なので、まず目標は家事で疲れているであろうレイラ。

我が家における家事分担だが、基本的には手の空いた者が気付いたらやる、という形で、誰か一人に任せ切りにすることもなく、明確に分担せずとも上手く毎日の家事を回せている。

というか、放っておくといつの間にかレイラが全てやってしまっていて、やることが無くなって微妙に申し訳なくなってしまうので、レイラを除いた大人組は「いやこれは俺が！」「いやこれは儂がやる！」「いやいやウチがやるっすよ！」「それじゃあ僕はこれやるから、みんなそっちよろしくね！」「「「抜け駆けはずるいぞ（っすよ）⁉」」」みたいなやり取りをすることが、最近はままある。

その様子を、レイラが呆れたような微笑みで見るまでがセットだ。

ただ、そんな家事事情の中で、ほぼ全てをレイラに任せ切りにしてしまっているものがある。

飯だ。飯だけは、俺達が手伝いをすることはあっても、中心は必ずレイラである。

それは、単純にレイラの作る料理が一番美味（うま）いからだ。我々は一同レイラに胃袋をがっちりと掴（つか）まれている。

料理の腕だと、俺達の中でレイラの次に料理をやれるのがネル、その次が俺、レフィとリューが変わらないくらい、といった感じだな。

レイラが『10』だとしたら、ネルが『7』、俺が『5』、レフィとリューが『4』、といったところだろうか。

と言っても、まず俺だが、俺は大雑把な男料理しか出来ないので、別に腕が良い訳じゃない。普通に出来るし、普通に食べられる料理を作れるといった程度。とりわけ美味い訳じゃないが、別に不味くもないよ、という感じだ。

レフィとリューは、昔は全然だったが、もう流石に慣れて簡単な料理なら余裕で出来るし、多少手の込んだものも作れるようになった。

まあだから、俺と変わんないな。今はもう、俺もレフィもリューも『5』か。

ネルの料理は、美味い。料理上手と言い切って良いくらい美味い。

大体何でも作れるし、味の変化にも敏感で、レイラの本気の料理論に付いて行けるのもネルだけである。

だが、そのレイラの料理の腕前が、群を抜いていてすごいのだ。

今まで何べんも思ったことではあるが、外に食べに出て、「ぶっちゃけレイラの料理の方が美味いな……」なんて思ってしまうのはもう、凄まじい幸福である。

毎日食べる料理が美味いこと。この幸福指数は半端ない。

なので、任せっきりにしてしまう申し訳無さが若干あるものの、炊事だけはレイラが中心となっていつもやってくれている訳だ。

おかげで俺達は朝起きて朝食を食べて幸せな気分になり、作業をしてちょっと疲れたところの昼食でまた活力を入れ、一日の終わりに疲れが吹き飛んで身体に染み渡る夕食を食べることで、また翌日に頑張ろうという活力を——思考が逸れたな。

とにかく、そういう訳で飯の準備中は手が出せない。そこでいたずらを……もとい、気を緩めるための……もういいか、面倒くさいからいたずらで。

そのタイミングでいたずらをすると我が家の皆を敵に回し、女所帯で肩身が狭いところがさらに狭くなってしまう。

ならば狙い時は、レイラが一人で寛いでいる時……と思ったが、あんまりレイラは一人で寛いだりしない。

家事炊事をしている時や、リウとサクヤの面倒を見ている時以外は、何か研究をしていたり、本を読んだりしていることが多いのだ。

本読んでる時は寛いでると言えるかもしれないが、結構集中していることが多いから、あんまりその時に手を出す気にはなれないんだよな。

また、レイラの生まれ故郷である羊角の一族の里へ扉を繋げてからは、最新の研究結果を読み漁りに——そう、『読む』ではなく『読み漁り』に出掛けることも多くなり、結構活動的になっている。

とても良いことだが、そのせいで彼女にいたずらするチャンスが少なくなってしまっている訳だ。

まず、妻の動向を見極めねばならない。

それは後々も、夫という立場において役にたつだろう。

だから俺は、レイラの隙を窺うべく、彼女をこっそり陰から観察し――。

「あのー……ユキさん？」

こちらを見るレイラ。

一瞬でバレた。

……リューにも一瞬でバレたし、ウチの妻達は、大した観察眼を持ってやがるぜ。

「よくわかったな、俺の存在に……」

「いや、流石にわかりますがー……何をしているんですかー？」

「妻の動向チェックだ。レイラに隙が生まれないかどうか、観察しているところだ」

「そ、そうですかー。……えーっと、そう言えば今日は、この後のんびりしようかなと思っていましたから、暇ですねー」

何だか気を遣わせてしまったような気がするが、隙があるのならば関係ない。

俺は隙を見逃さない、非情なる悪の大魔王。違った、癒しをもたらす聖なる大魔王。

ならばその隙を突いて、一気呵成に攻め込むのだ……！

「よしレイラ、一回あっち向いてくれ」

「えー、どうしましょうかー」

「……あの、そんな変なことはしないので、向いてくれると嬉しいかなーって」

「どれくらい向いてほしいですかー？」

「両手で万歳するくらい嬉しい」

「では、万歳してみてくださいー」

「やっほう！　レイラさんがあっち向いてくれたら、超嬉しいぜ！」

「あんまり心が籠(こも)っていませんねー」

「レイラさん最高ぉぉ！　あっちを向いてくれた時、俺の愛は際限なく降り注ぐことになるぜ！」

「向こうを向かなかった場合は愛してくれないんですかー？」

「い、いいや！　いつ何時でも、どんなレイラさんでも愛してる！　超好き！　最高の妻！」

「それなら、このままでも構いませんねー。どんな私でも愛してくれるんですからー」

「えっ、えっとー……あの、いつでもどんな時でもレイラさんのことは愛していますが、出来ればですね。今だけちょっとあっちを向いていただけると、その、夫として嬉しいかなーって。ダメでしょうか……？」

「しょうがありませんね、そこまで言うのならば、妻として夫の願いを聞きましょうかー」

ニコニコと笑って、ようやく彼女はくるっと後ろを向いてくれる。

超遊ばれている気がするが――いや、いや！

いたずらをするのはレイラじゃない、俺だ！　癒しをもたらすとか、もうどうでもいいわ！

お前は俺を手玉に取ったつもりでいるだろう、しかしそれは違う！　結局お前は、俺の言う通りに行動しているのだからな！

「ちなみにユキさん」

「何だ」

「私の背中に紙を貼りましたら、今日のユキさんの晩御飯は、わかめオンリーになりますからねー」

「……そ、そんなことをする訳ないじゃないか！　ま、全く、レイラさんはおかしなことを言う。俺が愛しの妻に、そんな子供みたいないたずらをする訳ないだろう？」

俺はアイテムボックスから取り出し掛けていた紙を、再び中に突っ込んで隠す。

「今まで何度も子供みたいないたずらはしていらっしゃると思いますが、それは脇に措くとしても、先程机で、何かしら書いていませんでしたかー？」

「そ、そりゃあ、俺も何か書いたりすることはあるさ！　それは今日この件とは全く関係ありません。ええ、あんまり変なことを言われると、夫と言えど困ってしまいますよ？」

「そうですか、邪推してしまったようですねー。ごめんなさい、ユキさんー」

「いいさ、誰でも誤解することはある。レイラでも間違えることはあるさ。許してやるよ」

ど、どうする、考えろ！

リューに続いて、このままいたずらが不発で終わるだと？

ふざけるな、そんなことが許せるか！　俺は執念深い魔王だ、この程度で諦めると思うなよ！

……よし、レイラは背中に「紙を貼ったら」と言った。

つまり、紙でなければいいのだ！

次の手を思い浮かべた俺は、もう一度アイテムボックスを開き――。

「ユキさん」

「何だ」

「私の背中に、以前おもちゃで作ってらした、ダンボールの翼を付けたら、晩御飯はお味噌汁の出汁――を、取るのに入れたお湯の残りのみになりますからねー」

「それはもはや食べ物とは言えないのでは？」

レイラの中では、背中に紙を貼られるより、ダンボール翼を付けられる方が罪が重いらしい。

というか、何でそんなピンポイントでわかった⁉

「それは勿論、私はユキさんの妻ですからー。この前、せっせとそれを作っていらしたのを見ていましたし、そのまま何にも使わず死蔵してましたので、いい機会だからと出してくるかなー、と思いまして」

「そうか、夫として嬉しいよ。まだ口にしていない疑問まで察してくれるくらい、俺のことを理解してくれているなんて、夫冥利に尽きるね」

レイラの察し具合は、もはやエスパーである。

「ということは、私の想像通りにするつもりだったんですねー？　およよ、妻は悲しいですー。悲しいので、今日のユキさんの晩御飯、お湯ということでー」

「い、いや、そんな変なことをするつもりはなかったぞ！　ほ、ほら、ぎゅー！　俺はこうやって、後ろを向いたレイラを抱き締めて驚かせたかったんだ！」

「あら、そうですかー。では、また早とちりしてしまったようですー。温かな夫の温もりが感じられて、妻は嬉しいですよー」

俺が後ろから抱き締めると、レイラはニコッと笑ってそう言った。

クッ……み、認めよう、今回は完全なる俺の負けだ。

だが、魔王の魂は不屈なのだ！　この程度で、俺が諦めたなどとは思わないことだな！

……とりあえず、レイラはやっぱりレイラで、我が家において最強ということが証明された。

レイラ最強説。もはや疑う余地なく、この説は真実なのだ。

残るは、ネル。

ネルだけは、家にいる時間が少ないため、誰よりもチャンスが少ないと言えるかもしれないが
……しかし、問題ない。

ネルは、こういう遊びにおいて、チョロい。とてもチョロい。チョロ過ぎてチョロＱだ。

きっと、俺の思惑通りにことが運ぶはずである。勝ったなガハハ。

時間帯的にも、もう少しすれば帰ってくると思うので、その時を待つことにしよう――なんて考えている内に、玄関口の扉がガチャリと開かれる。

「ただいまー！」

仕事から帰ってきた彼女に、俺達はそれぞれ「おかえりー」と声を掛ける。

「ふー、疲れた！　リウ、サクヤ、ただいま」

ネルはポーンと荷物を端に置き、軽鎧（けいがい）を脱いでラフな格好になると、まずリウとサクヤのところまで行ってポンポンと頭を撫で、それからぐでー、とソファに寝転がった。

最近のネルは、家にいる時は油断しまくりである。

それだけ毎日大変なのを俺達も知っているから、別に何も言いはしないがな。

ただ、ネルはこう……言葉が悪いかもしれないが、構ってちゃんな面があるので、このだらけた状態でも俺が構えば喜ぶだろう。

ウチの妻軍団の中で、キリッとしている時と甘えている時のギャップが一番大きいのがネルなのだ。ほぼずっとダンジョンにいる俺達と違って、仕事でストレスなんかもあるだろうし、むべなるかな、というものだ。

「お疲れ、ネル。今日も一日大変だったな」

そう言って彼女の頭の横に腰を下ろすと、ネルはそのままズリズリと動いて、俺の膝の上に頭を乗せる。

「ふへへー、疲れたけど、おにーさんが膝枕してくれるなら、プラマイゼロだね！」

「そりゃ良かった。膝くらいならいつでも貸してやろう」

そう表面上ではネルを労うようなことを言いながらも、俺は内心でニヤリと笑みを浮かべ、彼女から見えない角度の場所でアイテムボックスを操作する。

ククク……疲れているところ悪いな、ネル。

レイラには負けてしまったが、ネルには負ける気がしない。

恨むならば、魔王を夫にしてしまった自らの迂闊さを恨むことだな！

俺がこっそりと取り出したのは、魔力でくっつくタイプのウサギ耳。ぴょんぴょん。

ネルの頭を撫でる素振りをしながら、こっそりと髪を掻き分け……くっ付ける。

任務完了。

これでお前は、今日からウサ耳勇者ネルだ……ッ！

「イルーナ達はまだ帰ってないのかな？」

「あぁ、最近は帰りも遅くなったな、あの子ら。多分学校の友達と遊んでるんだろ。良いことだ」

「そうだねぇ、そうやって平和な環境で学べて、いっぱい友達と遊べるのは、幸せなことだピョン！」

なっ……！

衝撃を受けながらも、俺はどうにか平静を装い、言葉を続ける。

「あ、あぁ。その通りだ。あの子らをあそこに通わせたのは正解だったな。リウとサクヤも、大きくなったら通わせたいもんだ。改めてお師匠さんらには感謝しないとな」

「そうだねぇ。でも女の子ばっかりな里だから、サクヤを通わせたら、また気苦労が増えそうだピョン！」

バカな、こ、コイツ、すでにウサ耳を使いこなしていやがるだと!? しかも可愛い！

つ、強い、まさか俺の企みを看破した上に、それにあえて乗って利用するとは……！

これが、勇者。

これが、人間達の希望か……！

お、落ち着け、動揺するな。精神攻撃をするのは魔王の方だ、断じて勇者の精神攻撃を食らってはならん……！

「何じゃ、ネル。その耳は」

あまりの衝撃に俺が動揺を受けていると、ネルのウサ耳に気付いたレフィが、訝しげな様子で話し掛けてくる。

「あ、うん、おにーさんが僕にウサギコスプレしてほしいみたいだから。付き合ってあげようかなって」

「……そうか。まあ、好きにすれば良いが、イルーナ達に見られたら少々恥ずかしいことになるぞ」

「あはは、そうだね。でもおにーさんの求めだし……だからイルーナ達に変な目で見られても、『大人はね、こうやって遊ぶこともあるんだよ』って言うことにするよ」

「いやごめんなさい俺が悪いのでそれはやめてください」

即座に謝る俺だった。その精神攻撃は本当に効くからやめてください。イルーナ達に軽蔑の目を向けられたら、魔王でも冷や汗がダラダラになる。

クソッ……こ、これも俺の負け、か。

これで三連敗……何たることだ。安パイたるはずのネルにすら、敗北を喫するとは！

「……なぁレフィ」

「何じゃ」

「結局俺のいたずらに引っ掛かったのって、お前だけだったな」

「……何が言いたいんじゃ」

「お前は最高の妻だぜ！」

「ここでそう言われるのは甚だ不本意なんじゃが⁉」

以前と見違えるくらいしっかりしているのは間違いないが、お前はやっぱりチョロいな、レフィ。

あとがき

どうも、流優（りゅうゆう）です。十六巻をご購入いただき、誠にありがとうございます！

今回は、本編のほとんどが新しく増えた家族、リウとサクヤを中心にした話でした。二人のことを書くの、実は結構大変でした。

というのも、作者の身近に、赤ちゃんがいたことが無かったからです。なのでここ最近で、かなり赤子の知識が付きましたね（笑）。生後何か月くらいで感情を見せ始め、ハイハイが出来るようになるのかとか、そういう知識です。

あまり時間軸を明確にはしていないのですが、二人が生まれてからエルレーン協商連合へ行くまでに、作中では三か月から四か月。もしくはもう少し経（た）っているものだと思っておいてください。

そのため、作中では冒頭から終わりまでに、赤子としてそれだけ成長しています。今、二人がどれくらい成長しているのかを常に意識しながら書いていたのですが……どれだけ等身大の赤ちゃんが書けているのか、難しいところですね。

リルの娘、セツが狩りを出来るくらいに成長しているのも、それだけの時間経過が理由です。こっちもこっちで、犬を赤ちゃんの段階から育てた経験など無かったので、どれくらい成長させるかの塩梅（あんばい）が難しかったですね。……まあ、セツは厳密には犬じゃなくてフェンリルなので、彼らは成長が早いのです。きっと。うん。

この作品世界で、今後リウとサクヤがどんな成長をしてくれるのか。ネルとレイラとの子供はどうなるのか。

その点も、出来れば書いていきたいところですね。よーし、まだまだ頑張るぞ！


最後に謝辞を。

気付けばもう、六年くらい共に作品を作ってくださっている、担当さんに、イラストを担当してくださっているだぶ竜（りゅう）先生に、コミックを描いてくださっている遠野（とおの）ノオト先生。

関係各所の皆様に、この作品を読んでくださった読者の皆様。全ての方々に、心からの感謝を。


それでは、また！

カドカワBOOKS

魔王になったので、ダンジョン造って人外娘とほのぼのする 16

2023年 9 月10日　初版発行

著者／流 優

発行者／山下直久

発行／株式会社KADOKAWA

〒102-8177
東京都千代田区富士見2-13-3
電話／0570-002-301（ナビダイヤル）

編集／カドカワBOOKS編集部

印刷所／大日本印刷

製本所／大日本印刷

ISBN 978-4-04-075129-0 C0093

新文芸宣言

かつて「知」と「美」は特権階級の所有物でした。

15世紀、グーテンベルクが発明した活版印刷技術は、特権階級から「知」と「美」を解放し、ルネサンスや宗教改革を導きました。市民革命や産業革命も、大衆に「知」と「美」が広まらなければ起こりえませんでした。人間は、本を読むことにより、自由と平等を獲得していったのです。

21世紀、インターネット技術により、第二の「知」と「美」の解放が起こりました。一部の選ばれた才能を持つ者だけが文章や絵、映像を発表できる時代は終わり、誰もがネット上で自己表現を出来る時代がやってきました。

UGC（ユーザージェネレイテッドコンテンツ）の波は、今世界を席巻しています。UGCから生まれた小説は、一般大衆からの批評を取り込みながら内容を充実させて行きます。受け手と送り手の情報の交換によって、UGCは量的な評価を獲得し、爆発的にその数を増やしているのです。

こうしたUGCから生まれた小説群を、私たちは「新文芸」と名付けました。

新文芸は、インターネットによる新しい「知」と「美」の形です。

2015年10月10日
井上伸一郎